KB154475

이봐요 남편씨,
아빠는
할 거야?

이봐요

남편씨

이봐요 남편씨,
아빠는
할 거야?

김경섭 지음

윌링북스

이봐요 남편씨,
아빠는 할 거야?

1판 1쇄 발행 2019년 4월 1일

지은이 김경섭

기획편집 최창욱
기획마케팅 조민호
펴낸이 최창욱
펴낸곳 윌링북스
주소 서울시 은평구 갈현로1길 11 B-602
전화 02-381-8442   **팩스** 02-6455-9425
이메일 willingbooks@naver.com
출판등록 제25100-2017-000010호
ISBN 979-11-963441-6-0 03810

이 도서의 국립중앙도서관 출판예정도서목록(CIP)은 서지정보유통지원시스템 홈페이지
(http://seoji.nl.go.kr)와 국가자료공동목록시스템(http://www.nl.go.kr/kolisnet)에서 이용하실 수 있습니다.
(CIP제어번호: CIP2019008838)

아빠로 열심히 살아보겠습니다

서른한 살에 아내를 만나 서른네 살에 결혼을 했다. 아이가 네 살이 되었을 때쯤, 나는 모든 것을 망쳤다 생각했고 그간의 내 선택이 틀렸음을 인정할 수밖에 없었다. 내 어설픈 판단과 중재로 부모님과 아내의 관계가 어색해질수록 나는 아들이라는 사실에 지쳤고, 남편으로부터 도망쳤으며, 아빠로서 무책임했다. 시간은 멈췄고 나는 벌을 받는다 생각했다. 삶은 유독 나에게 가혹하다 여겼다.

대학에 입학하던 열아홉 살까지 부모님께 자랑스러운 모범생 아들로 살았고, 이후 10년 동안은 아무것도 하지 않은 채 세상에 적응하지 못했다. 열정을 가진 사람을 시기하고 질투한 적도 있었으나, 솔직히 말하면 하고 싶은 일을 찾은 자에 대한 부러움의 또 다른 표현이었다. 헛되이 보냈다 생각했던 10년의 시간도 내 삶의 일부였고 지금 내가 서 있는 삶의 지점으로 찬찬히 한 걸음씩 걸어온 순간들이었으나, 그걸 깨닫는 데에는 10년보다 더 오랜 시간이 필요했다.

아침 일찍 출근하는 아내를 대신해 아이를 돌볼 수 있었던 건 '인터넷 사회 강사'라는 직업 때문이라 생각했으나, 실상은 아주 오랫동안 잊고 지낸 다른 이유가 있었다. 사람들에게 나를 소개할 때면 항상 웃으며 입에 달고 다닌 말이었는데, 몇 년 동안 시나브로 그 말을 지우고 살았다.
내가 봤을 때 나는, 확실히 '운이 좋은 사람'이었다.

보통의 아버지들과는 비교할 수 없을 정도로 충분한 시간을 아이와 함께 했다는 자부심에 겁 없이 글을 쓰겠다 도전했다.
"남편으로서는 여전히 별로지만, 아빠로서는 내가 꿈꾸던 이상형에 가까워."
아내는 간간이 칭찬인지 불만인지 가늠하기 애매한 말을 했지만 그 말조차 '나는 꽤 매력적인 아빠가 되었다'라고 결론지으며, 아직 손에 익지 않은 새 노트북의 키보드를 두드렸다.

확실히 인간은 망각의 동물이다. 서율이와 함께 했던 다양한
에피소드를 하나씩 꺼내어 글로 다듬으면 충분히 책 한 권은 나
오리라 생각했으나, 나는 그동안 너무 많은 것을 놓치고 살았다.
'그만하면 행복했다'라고 내 삶을 오판한 것은 순전히 나의
방어기제 덕분이었다. 아이와의 기억을 더듬는 과정보다 더 힘들
었던 건 잊고자 했던 기억과 대면하는 것이었다. 나는 그동안 스
스로 이해하지 못하거나 용서할 수 없었던 많은 부분을 잊어버렸
다. 그리고 나는 행복했다.

오래전 아내는 내게 "남편은 바라지도 않아. 아빠는 할 수 있
겠어?"라고 물은 적이 있다. 그동안 한 번도 대답하지 못했는데,
여기 모은 글들로 용기 내어 대답을 대신해보려 한다. 아이 키우
는 이야기를 쓰겠다 시작했으나 나는 육아 전문가가 아니었고,
글을 마치고 나니 결국 반성문이 되었다.

내겐 오랜 시간 곁에서 기다려주신 고마운 분들이 많다.
언제나 든든한 버팀목이 되어주시는 명지대 부모님과 전주

부모님,

　　사랑하는 아내 송수미 씨,

　　그리고 나의 소중한 꿈, 아들 김서율 군.

　　나는 현명한 사람이 되고 싶다.

-김경섭

차례

머리말 아빠로 열심히 살아보겠습니다 / 5

01 저, 이혼하고 싶어요 / 11
: 결혼 4년, 벼랑 끝에 서다

02 김치찌개는 무엇으로 끓이는가 / 29
: 내 생각을 표현한다는 그 어려운 일

03 오빠, 백수라고 했어? / 41
: 겁나 먼 아빠의 길

04 아빤 날 사랑하니까 / 57
: 내리사랑의 연대기

05 처음 아이를 혼낸 날 / 71
: 훈육에도 기술이 필요해

06 아빠 수영할 줄 몰라? / 85
  : 20미터, 용의 전사가 되는 거리

07 꼭 1등을 해야겠니? / 99
  : 편식과 운동 능력의 상관관계

08 새해 복 많이 받으세요 / 117
  : 나이를 한 살 더 먹는다는 것

09 아버지는 치킨이 싫다고 하셨어 / 131
  : 거짓말을 감당하는 저마다의 방식

10 말 안 들으면, 두 배 더 사랑할 거야 / 151
  : 아빠가 좋아, 아버지가 좋아?

11 서율이는 커서 뭐가 될래? / 169
  : 스티브 잡스보단 편하게 살길

12 서율아, 아빠랑 놀자 / 189
  : 아이를 키우며 어른이 되었다

맺음말 당신의 아빠 점수는요 / 204

01

저, 이혼하고 싶어요

: 결혼 4년, 벼랑 끝에 서다

> **❝** 결혼을 하면서 많은 것이 변했다. 부모님에게는 효도하는 아들이 되고 싶었고, 아내에게는 사랑스러운 남편이 되고 싶었으며, 어린 아들에게는 자랑스러운 아빠가 되고 싶었다. 나는 누구에게나 그 사람에게 적합한 사람이 되어야 한다고 생각했다. 나 정도의 사람이라면 충분히 그렇게 될 수 있다고 자신했다. **❞**

어느날,
과송쌤을 만났습니다

　　같은 학원에서 친하지 않은 동료로 근무했던 아내에게 처음 말을 건넨 건 장대비가 쏟아지던 서른한 살의 뜨거운 여름날이었다. 1년쯤 전, 나와 친했던 과학 선생님이 인터넷 강의를 하는 회사에 스텝으로 취직했다며 학원을 그만두자, 그의 후임으로 들어온 예쁘고 똑똑한 여자 쌤이었다.

　　아내는 언제나 학생들에게 둘러싸여 있었고, 아내의 책상에 '선생님 사랑해요!'라는 편지와 음료수를 놓고 도망가는 중학생 남자아이들을 구경하는 것도 예전에는 볼 수 없었던 교무실의 색다른 볼거리였다.

당시 내 눈에 비친 아내는 이사장님, 원장님, 동료 교사들, 수업 듣는 학생들 그리고 수업을 듣지 않는 학생들까지, 모든 인간관계에 대해 열정적이었고, 인정받고자 하는 욕구가 강했으며, 무엇보다 충분히 그만큼 노력하고 자신의 에너지를 헌신하는 사람이었다. '학생들에게 사회를 수업하고, 아이들이 사회를 즐겁게 공부한다'라는 명제에 올인했던 나와는 분명 다른 존재감을 갖는 아내였다.

나는 학생들과 소통하고 그들에게 인정받는 부분에 대해선 민감하게 반응했으나, 그 외의 사람들은 전혀 신경 쓰지 않았다. 원래부터 아웃사이더 기질이 강했던 나는 학원에서 유일한 사회 선생님이었던 덕분에 팀을 구성하지도 않았고, 담임도 맡지 않았다. 강의에만 충실하면 되었고, 아쉬운 부분도 분명 있었지만 충분히 행복한 학원 생활을 즐기고 있었다.

나는 '사회는 암기하는 과목이 아니라 이해하는 과목'이라 늘 주장했고, 내 수업은 강의가 아니라 대화였다. 나는 숙제를 내주지도, 암기를 강요하지도 않았다. 일주일에 아이들과 함께하는 시간은 겨우 1시간 남짓이었으나, 아이들에게 최대한 많은 이야기를 해주려 노력했고 아이들은 내 수업을 독특하다 생각하며 즐겁게 공부해주었다.

나는 중학교 1학년부터 3학년까지 약 300여 명의 학생을 담당했다. 시험 기간에 아이들에게 잔소리를 해야 한다는 현실이 우울했지만, 다행히 학생들은 요점 정리를 나눠주지 않는 내 강의 방식을 좋아해주었다.

내가 수업시간에 아이들에게 강조했던 건 딱 한 가지였다. '공부는 선생님이 하는 것이 아니라, 본인이 스스로 하는 것이다'라는 말이었다. 덕분에 아이들은 낮은 성적을 선생님이나 학원 탓으로 돌리지 않고, 자기 잘못이라 인정했던 것 같다. 학원 탓을 하지 않는 학생들 덕분에 학부모들의 불만이 줄어들었고, 원장님은 통제가 되지 않는 아웃사이더 기질이 다분한 사회 강사가 학원에 필요하다 인정했는지, 나를 내버려두었다.

나는 친하지 않은 사람들과 술잔을 기울이고 웃고 떠들어야 하는 회식 자리가 늘 불편했다. 회식은 한 달에 한 번 정도 했는데, 매번 주인공이 되어 스포트라이트를 받는 아내를 보면 나와는 다른 부류의 사람을 구경하는 재미가 있었다. 평소 친분이 전혀 없는 사람까지 신경을 썼던 아내는 회식 때 곧잘 내게 말을 걸곤 했다.

내 반응이 신통치 않았는지 한번은 1학기 기말고사가 끝난 후 가진 회식에서 아내는 내게 "선생님은 제가 싫어요?"라고 물었고, 나는 정확히 기억나지 않으나 "뭐, 그다지 좋아하진 않아요" 비슷하게 대답했던 것 같다. 내 반응에 표정이 썩 좋지 못한 아내의 얼굴을 보았을 땐, 실수했다 생각했으나 다시 말을 꺼내기도 애매해 그냥 관두었다.

얼마간의 시간이 지난 그날은 장대비가 쏟아지던 더운 여름이었다. 방학기간이라 수업이 일찍 끝났고, 우연히 퇴근 시간이 겹쳐 아내와 나는 단둘이 엘리베이터에 탔다. 나조차 생각하지 못한 타이밍에 아내와 눈이 마주치자 불쑥 이런 말이 튀어나왔다.

"과송쌤(학원에서는 과학 선생이었던 아내의 성을 따 '과송쌤'으로, 나를 '사김쌤'이라 불렀다), 비도 오는데 저녁도 먹어야 하고……. 할 일 없으시면 저랑 술 한잔할까요?"

아내는 1초의 망설임도 없이 웃으며

대답했다.

"저 싫다면서요? 좋아요~ 같이 한잔해요."

나는 '화해하자'는 어색한 말을 건넸고, 처마 끝으로 떨어지는 빗방울에 오른쪽 어깨가 젖는 것도 모른 채, 무슨 대화를 나눴는지 하나도 기억하지 못할 만큼, 필름이 끊길 때까지 술을 마셨다. 그러나 아내와의 달콤한 첫 키스를 기억한다. 아내는 "조심히 들어가세요" 하고 인사말을 건네는 내 우산 속으로 들어와 내게 키스를 했다. 서로 다른 방향에서 조금씩 걸어왔던 각자의 삶이 같은 곳을 향해 함께 걸어가게 되었다.

내가 아내와 사귄다는 것을 공식화했을 때, 학생들의 열렬한 환호와 지지를 받았고 선생님들의 어리둥절하고 불편한 기색을 느꼈다. 나를 알지 못하는 사람들은 내가 아내와 사귄다는 사실에 적잖이 충격을 받았다. 그들과 어울리지 않았던 내게는 아무도 묻지 않았으나, 아내에게는 '어쩌다 사귀게 되었느냐'는 질문을 했다. 과장 직급을 가졌던 국어 쌤은 아내에게 자신이 소개팅을 시켜줄 테니 당장 헤어지라 권하기도 했단다.

나와 아내의 연애는 확실히 학원에서 미스터리였다. 많은 사람들은 아내에게 나와 헤어질 것을 권유했으나, 나는 언짢아하지 않았고 아내는 신경 쓰지 않았다. 아내에게 내가 얼마나 매력적인 존재였는지 모르겠으나, 그 시기에 나는 좋아하는 일을 하는 내가 충분히 매력적이라 생각했다. 나를 모르는 사람들이 내게 하는 이야기에 관심을 갖지 않았다.

아무도 틀리지 않은 문제

내가 결혼하겠다는 소식을 처음 전했을 때, 오랜 벗인 재성이는 아내만큼 예쁘고 결혼에 관심이 없는 어린 여자와 소개팅을 주선하겠다 했다. "결혼은 연애와 다르다"며 "준비가 되었느냐"고 물었고, 나는 "미친 거 아니냐? 결혼한다는 친구에게 그게 할 소리냐?" 웃으며 술잔을 기울였다.

결혼 전 아내는 월드컵 기간 동안 한국전이 있는 날이면 집에 와서 아버지와 함께 축구를 보았다. 축구를 좋아하지 않았던 나는 월드컵에도 큰 의미를 부여하지 않았는데 술도 드시지 않는 부모님 곁에서 혼자 맥주에 치킨을 뜯으며 소리를 지르는 응원은 질색이었다.

나는 매번 월드컵 기간이 되면 전반전을 보는 둥 마는 둥 하며 하프타임이 되었을 때 내 방으로 쏘옥 들어가 게임을 하거나 잠을 잤는데 아버지는 이런 나를 서운해하셨다. 군대를 가기 전에는 아버지 눈치를 보느라 옆에서 자리를 지키기도 했지만, 제대한 뒤 2002년 월드컵을 제외하고는 축구 보느라 밤잠을 설친다는 것을 이해하지 못했다.

모든 스포츠를 좋아했던 아내는 내가 월드컵 때 응원을 할 계획이 전혀 없다는 사실과 아버지가 집에서 혼자 축구를 보신다는 사실을 알고(어머니도 축구에 관심이 없으시다. 그러나 어머니는 항상 아버지 곁에서 자리를 지키셨는데, 축구를 보는 것이 아니라 축구를 시청하시는 아버지의 반응을 즐기셨다) 이번 월드컵 기간에는 우리 집에서 월드컵을 보겠다고 선언했고, 한국전이 있는 날이면 정말로 치킨을 사들고 와 아버지와 함께 3층에서 축구를 시청했다(명지대 집은 작은 4층 건물이었는데, 1층은 내 부모님만큼이나 자식들에게 모든 것을 내어주었던 예의 바른 부부가 운영하는 '돼지 주막'이란 삼겹살 가게가 있었고, 2~4층은 집으로 사용했다. 2층은 공실이었고, 3층은 부모님이, 4층은 나와 할아버지가 사용했다). 4층에서 게임을 하는 아들을 대신해 곁에서 함께 '대한민국!'을 외치던 아들의 여자친구가, 며느리가 되었을 때는 무엇이 달라진 걸까?

결혼을 하는 과정에서 나는 세대 간 가치관의 차이를 느낄 수 있었다. 누군가가 옳고 누군가가 그르다면 쉽게 해결될 수 있는 문제였으나 아무도 틀리지 않았다. 그저 다름의 문제였기에 나는, 그리고 아내와 부모님은 모두 서로의 다름에 대해 인정해야 한다는 것을 스스로 강요했다.

술자리를 좋아하지 않았던 나는 결혼을 앞두고 이틀에 한 번 꼴로 친구 녀석을 불러내 "수미가 생각보다 독하더라", "내가 알던 엄마가 아니야"라고 말하며, "넌 결혼하지 말고 혼자 살아라" 결론을 지어주기도 했다.

결혼을 하면서 아내와 나는 명지대 2층으로 들어갔다. 집이 비어 있었고, 나는 당연히 부모님을 모시고 살아야 한다 생각했다. 고등학교 다닐 때 아버님을 여읜 아내는 대가족이 함께 사는 것을 긍정적으로 생각했고, 무엇보다 부모님과의 관계에 대해 자신감을 보였다. 마침 아내가 살던 원룸의 계약이 끝나면서, 결혼 전 아내는 자연스럽게 명지대에 들어와 살게 되었다.

손주를 원하시는 부모님의 바람대로 곧바로 서율이를 임신했다. 먼저 결혼한 여동생이 딸만 둘을 낳은 이유도 있었고, 아들을 선호하셨던 부모님과 내 잘못된 인식이 임신한 아내에게 부담이 되었다. 임신한 아내가 겪었던 미세한 감정 변화를 나는 인지

하지 못했고, 아내를 걱정했던 부모님의 배려는 서투른 표현으로 오해를 낳았다.

서율이가 태어나던 날도 그랬다. 산부인과 의사 선생님이 유도분만으로 당장 출산을 하는 게 좋겠다고 갑작스러운 의견을 냈을 때 나와 아내는 부모님과 아무런 상의 없이 결정을 했다. 서율이를 낳는데 부모님의 의견이 무슨 소용이겠느냐만, 함께 살았던 부모님은 협의가 아닌 통보에 상심하셨다. 의사 선생님의 의견을 반대할 만한 배포가 있으신 분들이 아니었기에, 결정을 말씀드렸으나 부모님은 아내와 함께 협의하고 싶었다 말씀하셨다. 19시간의 진통 끝에 서율이를 얻는 과정은 순탄하지 않았고, 나는 부모님의 이야기를 아내에게 전달하지 않았다.

학원 일을 했던 아내를 대신에 어머니가 서율이를 맡아주셨고 나는 훌륭한 역할 배분이라 생각했다. 나는 주로 오후에 출근을 했는데 오전에는 아내가 서율이를 맡았고, 아내가 출근하는 오후가 되면 엄마가 서율이를 돌봐주셨다. 아내와 엄마는 꺄르르 웃어주는 서율이의 웃음에, 하루가 다르게 커가는 서율이의 모습에 중독된 것이 틀림없었다.

나는 두 사람의 모습에서 피곤함을 찾을 수 없었고……, 아니다, 피곤함을 찾으려 노력하지 않았거나 두 사람에게 관심을 갖지 않았던 것 같다. 어쨌든 나는 두 사람의 즐거움이라 생각했다. 아이 키워본 경험이 없었기에 아이를 키운다는 것이 얼마나 육체적으로 피로한 일인지 깨닫지 못했다.

나는 서율이가 네 살이 될 때까지 제대로 돌본 적이 없다. 오전에는 아내가, 오후에는 어머니가 돌봐주셨으며 주말에는 아버지가 놀아주셨다. 물론, 나도 변명거리가 있다. 나는 놀지 않았으며, 열심히 일했고, 외로웠다. 당연히 육아가 가장 큰 이슈였던 가족의 생활에서 나는 배제되었고, 육아에 참여하지 못했다.

역할 배분은 분명 잘못되어 있었다. 나는 아이 아빠였고, 나도 아이를 돌봤어야 했다. 그러나 나는 돈을 번다는 핑계로 그러지 않았다. 촬영이 바쁘기도 했지만, 무엇보다도 아빠가 될 준비가 되지 않았다. 나는 좀 더 놀고 싶었고, 나는 좀 더 놀아야 했다.

명지대에 있는 동안 우리 가족은 여행을 상당히 자주 다녔다. 여행을 가고 싶다는 아내와 여행을 가고 싶어하시는 어머니를 보며 이해할 수는 없었지만, 조금씩 틀어지는 관계에 있어 여행은 나름 해결방안이 될 수 있다 판단했다. 두 사람은 아마도 답답했던 것 같다.

생각해보면 두 사람은 분명 지쳐 있었다. 휴식과 여유가 필요한 시점이었고, 여행은 잠시나마 두 사람에게 휴식과 여유를 제공했다. 그러나 여행지에서도 서율이를 맡아 보는 건 오롯이 아내와 어머니의 몫이었다.

분가를 한 이후로도 아내가 한참 동안 내게 서율이를 맡기지 않은 걸 생각해보면 나는 육아에서 철저히 자의적으로 배제되어 있었다. 어머니와 아내가 졌던 육아에 대한 책임감은 아이의 아빠인 내가 두 사람에게 전가한 나의 짐이었다.

4년간의 결혼 생활은 달콤하지 않았다. 나는 드라마를 좋아하지 않으나 아내와 부모님의 이야기를 드라마로 만들면 시청률은 확실하겠다는 생각을 하며, '도대체 나는 전생에 무슨 잘못을 저지른 것일까?' 애꿎은 내 전생을 탓했다. 부질없었다. 어차피 선택을 한 건 나였고, 그때로 돌아간다 해도 나는 같은 선택을 했을 것이고, 서른일곱이 되면 지금처럼 후회할 테니까.

인생에서 어차피 후회는 밟지 않을 수 없다. 조금만 밟고 싶을 뿐. 나는 후회를 한 번 더 하는 거라 생각했다. 눈 한 번 질끈 감으면 지나갈 수 있을까?

외로운
주인공

결혼을 한 뒤, 나는 외로웠다. 결혼을 하면 인생의 주인공이 될 수 있다는 환상을 가졌기 때문인 걸까? 결혼 후 나는 철저히 조연이 되었다.

결혼식장에서 "신랑 입장!"이라는 사회자의 목소리에 웃으며 발걸음을 떼던 순간에도, 외삼촌과 함께 들어온 아내의 손을 맞잡고 '행복하게 잘 살 수 있겠느냐'는 주례 선생님의 질문에 큰소리로 대답하던 순간에도, 나는 내 인생의 주인공이 될 것임을 의심하지 않았다. 과연 내가 주인공이었을까? 나는 오랜 시간 같은 고민을 했다.

결혼을 하면서 많은 것이 변했다. 부모님에게는 효도하는 아들이 되고 싶었고, 아내에게는 사랑스러운 남편이 되고 싶었으며, 어린 아들에게는 자랑스러운 아빠가 되고 싶었다. 나는 누구에게나 그 사람에게 적합한 사람이 되어야 한다고 생각했다. 나 정도의 사람이라면 충분히 그렇게 될 수 있다고 자신했다.

교만이었고, 오만이었다. 나는 누구도 될 수 없었다. 그냥 아들이면 충분하고 남편이면 아버지면 족했을 텐데, 나는 무언가

되려 했다. 나는 할 수 있다 생각하고 덤볐으나, 실상은 하나도 하지 못했다. 나는 특별한 능력을 부여받지 못했다. 가정이라는 작은 사회에서 동시에 얻은 세 개의 지위 때문에 나는 지쳤고 결국에는 그것들을 포기했다.

아버지께 여쭤본 적도 있다.

"아빠, 어떻게 했어?"

엄마 앞에서는 엄마 편을 들고, 아내 옆에서는 아내 편을 들어주면 된다는 아버지의 대답에 나는 물었다.

"아빠 그게 가능했어?"

"당연히 못 했지."

"그럼 어떻게 했어?"

"아빠 항상 할머니 편을 들었어."

아버지다운 답이었다. 나는 '공정하게 판단해서 현명하게 선택하겠다'라고 아빠에게 큰소리를 쳤는데, 조금 더 경험해봤다면 솔로몬도 해결하지 못할 문제라는 것을 알았을 거다. 잘못한 사람이 없는데, 무슨 판단을 한다는 것인지.

나는 인간관계를 전혀 모르는 사람이었다. 가족이 되어 함께 살아간다는 건, 잘못한 사람을 찾는 것이 아니라 양보할 사람을 기다리는 문제였다. 선택하는 것이 아니라 기다리고 감사해야 하는 문제였으나, 나는 어머니와 아내를 선택하곤 했다.

나는 내가 옳다 확신하는 방향으로 선택을 했고, 어머니와 아내는 내 판단에 매번 상처를 받았으며, 나는 그 안에서 외로움을 느꼈다. 나는 내 양심에 따라 공정하다 생각하는 선택을 했으나, 누구에게도 공정하지 못한 결론이었다. 그저 나의 독선이었고, 사람들은 모두 상처를 받았다.

아내는 내가 알았던 아내가 아니었으며, 부모님도 내가 알던 부모님이 아니었다. 모든 인간관계에 적극적이었던 아내가 유독 부모님에게는 시들하다 생각했고, 자식이라면 끔찍이 생각하셨던 부모님에게 며느리는 자식이 아니었다.

결국 나는 부모님과도, 아내와도 대화하지 않았다. 집에 들어가는 일이 견딜 수 없이 느껴져 집 앞에 차를 세우고 친구를 불러내어 술을 마시러 가는 날이 많았다. 심지어 오늘은 그만 들어가라던 친구의 말이 떠올라 한숨을 쉬며 혼자 술집의 문을 여는 날도 있었다.

그렇게 몇 달이 흘렀다. 부모님은 부모님대로, 아내는 아내대로, 나는 나대로 각자의 시간을 보냈다. 생각해보면 아내와 부모님의 관계가 그리 나쁘지 않았을지도 모른다. 나와 부모님의 관계가 나빴고, 나와 아내의 관계가 틀어졌기 때문일지도 모른다.

나는 결혼 기간 동안 무엇이든 열심히 하려 했으나, 아무것도 이루지 못했다 생각했다. 나는 철저하게 내 삶을 살았고, 한순간도 외롭지 않은 적이 없었으며, 결혼을 후회했다.

나는 결심했다
이혼을 해야겠다고

서른일곱 살이 되었을 때, 나는 이혼을 결심했다. 결혼 후 아내가 변한 것이라 생각하지 않는다. 내가 미처 알지 못한 것일 뿐. 서른한 살에 연애를 시작해 서른네 살에 결혼식을 올린 후 서율이가 네 살이 될 때까지, 7년여의 시간 동안 나는 아내를 알지 못했다.

아버지는 내게 오랜만에 함께 목욕탕에 가자고 하셨다. 나도 오랫동안 사우나를 잊고 살았다.

사우나는 아버지와 나에게 각별한 의미가 있는 장소였다. 아버지는 어떤 일을 결정하실 때면, 뜨거운 사우나에 들어가 단 둘이 남을 때까지 기다렸다가 사람들이 모두 나가고 나면 내게 본인의 생각을 정리하여 말씀해주셨다. 어린 시절의 나는 아버지의 말씀을 하나도 이해하지 못했으나, 심각한 표정의 아버지를 가만히 쳐다보았다. 아버지는 소심한 편이라 중간중간 사람들이 들어오면 대화를 멈추시었는데, 덕분에 나는 사람들에게 사우나를 잘 버틴다는 소리를 듣게 되었다.

내가 성장하면서 아버지는 가끔씩 내 의견을 궁금해하셨고, 시간이 지날수록 본인의 이야기보다 내 생각을 듣고 싶어하셨다. 내 이야기가 끝나면 "덥다. 나가자"라며 환하게 웃어주셨다.

그날도 아버지와 나는 꽤 오랜 시간에 걸쳐 띄엄띄엄 이야기를 주고받았다. 내 말이 끝나자 아버지께서 물으셨다.

"그래서 어떻게 하려고?"

"이혼하고 싶어요"라고 대답하는 아들을 바라보는 아버지는 놀라지 않으셨다. 부모님도 아내도 느끼고 있을 '예정된 수순'이라 나는 생각했다.

"분가해라."

아버지의 결론이었다.

02

김치찌개는 무엇으로 끓이는가

: 내 생각을 표현한다는 그 어려운 일

생각해보면 적어도 내게 몇 번은 자랄 수 있었던 기회가 있었으나 결국 나는 1센티미터도 성장하지 못했다. 무의미함에 위로를 받았던 20대 철부지 시절에서 나는 한 걸음도 나아가지 못했다. 나는 어른이 되지 못했다.

어쩔 수 없이
익숙해진다는 것

당연히, 분가하는 과정은 순탄치 않았다. 아무도 예상하지 못한 시점에 분가를 결정하신 아버지는, 가족 간 마찰이 끊임없었지만 내게 분가할 것을 분명히 하셨다.

이삿짐을 트럭에 싣던 날에도 나는 어쩌다 이렇게 되었는지 도무지 알 수가 없었다. 우리 가족은 모두 열심히 살았다 자부했으나 결과는 초라했다.

새집으로 이사를 간다며 할아버지 할머니께 들뜬 목소리로 자랑하는 서율이를 옆에 세우고, 눈물을 보일까 고개를 돌리시는 어머니에게 아내와 나는 연신 죄송하다 말씀드렸다. 이삿짐을 트

럭에 신고 출발하려는데 아버지가 마지막으로 한마디하셨다.

"집에 안 와도 괜찮으니 서율이 잘 키워라."

세 식구가 따로 나와 살게 된 그해 첫 겨울, 영하 10도의 새벽녘에도 나는 답답한 마음을 어찌하지 못해 베란다 문을 열고 창밖에 머리를 내밀어 차가운 공기를 마셔야 했다. 멈춰버린 일상을 다시 움직여야 한다는 생각도 있었지만 탈출하고 싶다는 마음은 더 컸다.

'익숙해진다'라는 문구가 내 삶에 녹아들까 노심초사하며 내 손끝과 발끝에 익숙함이 머물지 않도록 온몸을 부르르 털어보기도 했다. 그러나 나는 결국 사랑한다 말했던 이들에게 준 상처보다 내가 받은 상처에 아파했고, 내가 잃은 것과 잃을 뻔했던 것들에 분노했으며, 헛되이 보낸 시간을 아쉬워했다. 무엇보다 모든 것이 내 선택이었다는 사실에 수치심을 느꼈다. 그러던 내게도 익숙함의 위로가 찾아들었다.

아내가 끓여놓은 김치찌개를 가스레인지에 데우고 냉장고에서 적당히 시간이 지난 몇 가지 밑반찬을 꺼내어 식탁에 올린 후, 거실 소파에 앉아서 나를 멀뚱멀뚱 쳐다보는 서율이를 불러 식탁

의자에 앉혔다. 나는 편식이 심한 편이었지만 서율이는 고맙게도 밥투정하지 않는 건강한 아이로 자라주었다.

어른 수저로 크게 한 숟갈을 뜨는 녀석을 보며 나도 모르게 헛웃음이 나왔다. 이젠 제법 어른 흉내를 내는 서율이가 좋아서 였는지, 엄마 없이도 아빠와 함께 밥을 잘 먹는 서율이가 좋아서 였는지, 어쩌면 아내가 오랜만에 끓인 돼지고기 김치찌개 때문에 웃었는지 모르겠다.

매운 음식을 못 먹는 남편과 아들을 위해 라면보다 덜 맵게 끓이는 아내의 김치찌개는 상당히 흡족하다. 물어보지 않았으나 장모님의 재능을 물려받은 것이 확실한 아내의 음식 솜씨는 예쁜 얼굴보다 더 매력적이었다.

찌개를 국자로 떠서 아들 밥그릇에 옮겨주자 익숙하다는 듯 쓱싹쓱싹 밥을 비비는 녀석을 보며 나는 문득 서율이에게 물어봐 야겠다는 생각이 들었다. 여섯 살 아이에게 도대체 무슨 생각으 로 질문한 것일까? 그냥 아무 생각이 없었던 게 틀림없다. 그저 내 이야기를 들어줄 누군가가 필요했다. 다른 사람에게 전하지 않을 믿을 만한 사람이 필요했다. 그동안 잘 감추었다 생각했는 데, 서율이에게 말을 꺼낸 건 아내의 돼지고기 김치찌개 때문이 었다.

참치와 돼지가 싸우면
누가 이길까

"서율아, 아빠가 궁금한 게 있어. 한번 잘 들어보고 누가 잘못했는지 알려줘. 알았지?"

손에 들었던 수저를 살며시 식탁에 내려놓으며 아빠가 준비한 새로운 게임을 기대하는 아들에게 나는 이야기를 시작했다.

"예전에 말이야, 참치 김치찌개를 좋아하는 아들이 있었어."

"아빠랑 똑같다. 아빠도 참치 좋아하잖아!"

"아냐, 그 애는 너처럼 엄마 아빠 말을 잘 듣는 착한 아들이었어. 아빤 할아버지 말 잘 안듣거든. 그니까 너랑 똑같아."

"나 말썽꾸러긴데?"

"괜찮아, 너 착한 아들 맞아."

"싫어. '새해 복 많이 받으세요' 했잖아. 장난꾸러기 할 거야."

"알았어. 그러니까 아빠 이야기 듣고 누가 잘못했는지 맞춰봐. 알겠지? 시작한다!"

"예전에 말이야, 참치 김치찌개를 좋아하는 아들이 있었어. 그런데 그 아들의 아빠는 돼지고기 김치찌개를 더 좋아하셨어. 아들은 참치를 좋아했지만, 돼지고기보다 참치가 좋다는 말을 못했어. 왜냐면 아빠는 참치가 싫다고 하셨거든.

아들은 두 가지를 다 먹을 수 있어서 어른이 될 때까지 집에서는 그냥 돼지고기 김치찌개를 먹었어. 아빠 엄마는 돼지고기 김치찌개를 먹는 아들을 보면서 '우리 아들도 아빠를 닮아서 돼지고기 김치찌개를 좋아하는구나'라고 생각하셨지.

시간이 지나 아들은 사랑하는 여인을 만나 결혼을 했고, 아내에게 부탁했어. '나는 참치 김치찌개를 더 좋아하니까, 김치찌개 끓일 때 참치를 넣어줘'라고 말이야.

부모님과 함께 살면서 저녁을 준비하던 아내가 참치 김치찌개를 끓인 날이었어. 식탁에 앉은 부모님이 김치찌개를 보시더니 며느리에게 '우리 아들은 참치 김치찌개보다 돼지고기 김치찌개를 더 좋아하니까 다음에는 돼지고기를 넣었으면 좋겠구나'라고 말씀하셨어. 며느리는 놀란 얼굴로 '오빠는 참치가 더 좋다던데요?' 대답했고, 어머니는 아들을 쳐다보셨어. 그러자 아들이 대답했어.

'엄마, 나 참치 김치찌개가 더 좋아.'

그 말을 들은 부모님은 아들에게 부모님 앞에서 무조건 아내

편을 드는 것이 좋지 않다고 말씀하셨어. 아들은 아내 편을 드는 것이 아니라 지금까지 말하지 못했던 거라고 이야기했어. 하지만 34년 동안 돼지고기 김치찌개를 먹었던 아들이 결혼하자마자 참치를 더 좋아한다고 고백하면 과연 어떤 부모님이 믿으시겠어? 당연히 부모님은 서운해하셨지.

부모님은 결혼한 아들이 무조건 며느리 편만 든다고 서운하셨고, 아들은 결혼도 했으니 원하는 것을 먹고 싶다고 말했어. 며느리는 중간에서 이러지도 못하고 저러지도 못하며 남편을 원망했지. 그래서 사람들은 모두 불편해졌어.

어때, 서율아? 누가 잘못한 것 같아?"

"아들이 잘못했네. 처음에 말을 했어야지."

자기 생각을 표현한다는
그 어려운 일

서율이의 대답은 너무나 간단하고 명료했다. 그리고 그 말이 정답이었다. 처음부터 말을 했어야 했다.

난 내 생각을 부모님께 말하지 않았다. 내가 무엇을 좋아하는지, 무엇을 하고 싶은지 알리지 않았다. 내가 원하는 일이 아니라

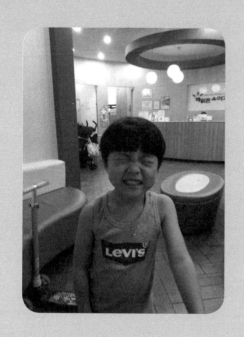

부모님께 칭찬받는 일, 어른들에게 인정받는 일을 하려고 했다.

나는 언제나 선택의 순간이 되면 내가 하고 싶은 것을 하고 내가 걷고 싶은 길을 걸으려 노력했다. 마음속으로 노력하고 노력했으나 말하지 못했다. 단 한 번도 실행에 옮기지 못했다. '익숙함'을 떨쳐내려 한순간도 쉬지 않고 노력했으나, 한 번도 익숙함에서 벗어나지 못했다.

나이를 먹는다는 건 단순히 시간을 보내는 것이 아니다. 이제는 무언가를 해야 할 때라는 사실을 깨닫는 과정이다. 나는 결혼을 하고 자식을 낳은 후에도 알지 못했다. 여전히 아무것도 표현하지 못했으며 누구와도 소통하지 못했다.

생각해보면 내게 적어도 몇 번은 자랄 수 있었던 기회가 있었으나 결국 나는 1센티미터도 성장하지 못했다. 무의미함에 위로를 받았던 20대 철부지 시절에서 한 걸음도 나아가지 못했다. 나는 어른이 되지 못했다. 내가 부모님께 말을 안 했던 건 부모님의 강요가 아니라 부모님에 눈에 들고 싶어했던 내 욕심 때문임을 이제는 안다.

서율이는 다행히 착한 아이로 자라고 있다. 아빠와 엄마에게 사랑받고 싶어하고 인정받으려 노력한다. 부모의 자만이겠지만,

내 생각보다 똑똑한 아이라 엄마 아빠와 하는 대화에서 사랑받고 인정받는 대답이 무엇인지도 느낄 것이다. 서율이가 자라면서 자기 생각을 말하는 시간보다 부모의 대화에 귀를 기울이는 시간이 많아지는 만큼, 나는 아들의 외침에 귀를 쫑긋 세우려고 한다. 그러지 않으면 더 이상 아들의 목소리를 듣지 못하는 꼰대가 되어가기 때문이다.

며칠 전 강아지를 키우고 싶다던 아이의 말에 반려동물에 대한 책임감을 어떻게 설명할 것인지 고민한 적이 있다. '현실적으로 키울 여건이 안 되니 절대로 서율이에게 넘어가면 안 된다' 경고하는 아내에게 '내가 잘 설득해 보겠다' 큰소리쳤으나 지금도 나는 반려동물에 대한 책임감보다 흥미에 집중하는 아들을 어떻게 설득해야 할지 고민한다.

난 항상 서율이에게 궁금증을 가지고 있다. "아빠 이게 좋아" 보다 "서율이는 무엇이 좋아?"라고 사소한 것 하나까지 물어보려 노력한다. 아빠가 일방적으로 "안 돼!"라고 선언하기보다, '지금은 강아지를 키울 수 없겠구나'라는 결정을 서율이가 스스로 했으면 좋겠다. 남이 시켜서 억지로 강아지를 키우겠다고 마음먹은 것이 아니듯, 강아지를 키울 수 없다는 생각도 스스로 하길 바란다.

요즘엔 강아지에 대한 정보를 아들과 함께 찾아보고 있다. 서율이를 설득하려면 시간이 꽤 걸리겠지만 단지 내게 오랜 시간일 뿐 서율이에는 다른 의미가 될 것이라 믿는다.

03

오빠, 백수라고 했어?

: 겁나 먼 아빠의 길

아들과 유대감을 키워보겠다는 다짐을 하고 나서
야 나는 서율이를 위한 시간을 찾으려 노력했다.
직업상 오후에 촬영을 해야 했기에, 오후 시간에
서율이와 함께 하는 것은 불가능했다. 나는 네 살
아들과 아침에 놀아야겠다고 다짐했다.

동네에서 유명짜한
서율이 아빠

　　분가를 하고 얼마간의 시간이 지난 후 아내는 기간
제 교사가 되어 다시 예전처럼 사회인이 되었다. 분가 직후에는
학원에서 파트타임을 뛰는 강사로 1주일에 두 번 정도 오후에 출
근을 했다. 나를 벗어나고 싶은 것인지, 아니면 아내가 본격적으
로 일을 해야 할 만큼 내 벌이가 줄어든 것인지는 애매하나, 나는
아내의 재능을 썩히는 건 사회적 낭비라 판단했다. 아내는 아침
일찍 출근을 하게 되었고, 나의 하루는 예상보다 당황스러워졌다.

　　매일 아침 9시 40분까지 아파트 앞 유치원 버스 정류장에 서

율이를 데려다놓는 것이 내 일과의 첫 번째 미션이었다. 아침마다 아빠와 노는 것에 집중하려는 아들을 간신히 어르고 달래어 밥 먹이고 옷 입히고 화장실 보내고 시간 맞춰 버스 정류장에서 대기하는 일은 결코 수월하지 않았다.

부모와 떨어지는 것이 두려워 유치원 버스를 탈 때마다 유치원에 가지 않겠다고 울고 불며 떼를 썼던 얼마간의 시간이 지나, 아내를 닮아 사회성이 뛰어난 아들은 유치원에 가는 것을 즐기게 되었고, 유치원 버스를 기다리는 동안 친구들과 씽씽카를 타며 레이싱하는 것에 큰 의미를 부여했다. 어른들이 눈으로는 전혀 흥미를 느낄 수 없는, 10여 미터의 공터를 단순히 무한 왕복하는 레이싱이었으나 '며칠 하다가 그만두겠지' 여겼던 내 예상과 달리 아들의 씽씽카 레이싱에 참여하는 아이들이 점점 늘어났고 경주시간도 점차 길어지면서 나에게는 현실적인 어려움이 시작되었다. 엄마들이 말을 걸기 시작한 것이다.

처음에는 버스가 도착하는 9시 40분에 딱 맞춰 정류장에 갔기 때문에, 마주치는 어머니들과 간단한 목례를 하는 것으로도 충분히 예의를 갖출 수 있었다. 그러나 아이들의 씽씽카 레이싱이 시작된 이후로 서율이는 9시 30분까지 가야 한다며 나를 재촉

했는데, 조금 늦어질 때마다 내게 늦었다며 삐진 표정을 짓는 서율이를 달래는 것까지 내가 해야 할 일이 한 가지 더 늘었다.

엄마들과 함께 유치원 버스를 기다리는 10여 분의 시간은 참으로 어색했다. 9시 40분은 서율이의 사랑유치원 노란 버스만 도착하는 시간이 아니었다. 주변의 다른 유치원이나 어린이집 차량도 그 시간을 전후에 도착했고, 태권도 학원을 다니는 덕분에 서율이는 각자의 노란 버스를 기다리는 여러 아이들과도 폭넓게 교류했다.

엄마를 닮아 사교성이 뛰어난 아들은 친구들에게 일일이 내가 '서율이 아빠'임을 확인시켜 주었다. 그 덕분에 편의점에서 물건을 사거나 아파트 주변을 산책하거나 혹은 운동장에서 운동을 할 때 나를 가리키며 "서율이 아빠다!"라고 소리쳐주는, 엄마 손을 잡은 아이들을 만날 때면 나는 누군지는 모르지만 나를 알고 있는 누군가를 향해 밝게 인사를 해야만 했다. '서율이 아빠'라는 호칭 덕분에 나는 아파트에서 유명 인사가 되었다.

서율이 아빠는
백수인가봐

　　아이들에게는 확실히 편견이 없다. 인간이 만들어 낸 '사회'라는 시스템이 사람들에게 고정관념을 심어주는 것이 분명하다.

　　내가 아침마다 서율이를 데리고 나오는 것에 대해 아이들은 아무도 신경 쓰지 않았다. 엄마 손을 잡은 아이들 눈에는 아빠 손을 잡은 서율이가 다르지 않았다.

　　그러나 엄마들 눈에 서율이의 손을 잡고 나오는 아빠는 분명 보통 사람은 아니었다. 아파트 단지에서 아침 시간에 아이를 버스에 태우는 아빠는 간헐적으로 있었지만, 매일 아이를 데리고 버스를 기다리는 아빠는 나 혼자였기에 엄마들의 관심을 받는 것이 여간 불편한 일이 아니었다.

　　'다른' 사람, 혹시 어쩌면 '틀린' 사람을 쳐다보는 엄마들의 어색한 눈빛과 웃음 속에서 궁금함을 참지 못하는 할머니 한 분이 계셨다. 할머니는 내게 서율이에게 엄마는 있는지, 있다면 무슨 일을 하는지, 나는 직업이 있는지 물으셨다. 엄마들 사이에서 나온 이야기를 종합해서 질문하시는 것 같았다. 나는 "애 엄마가 교사라, 여유 있는 제가 아이를 돌봐요"라고 짤막하게 대답했는데 한 학기가 끝난 후 얼마나 큰 실수를 한 것인지 깨닫게 되었다.

방학이 되어 오전 시간에 여유가 생긴 아내가 서율이를 유치원 버스에 태우고 돌아오던 날, 아내는 어이없다는 표정으로 내게 물었다.

"도대체 엄마들에게 무슨 말을 한 거야?"

나는 영문을 모른 채 동그랗게 눈을 뜨고 쳐다보았다.

"오빠, 백수라고 했어?"

그러고는 내가 대답할 겨를도 없이, 남편은 인터넷 강사이며, 학교 선생인 자신에 비해 남편은 오후에 일을 하기 때문에 오전에 여유가 있다는 것을 사람들에게 한참 설명하고 왔다고 말했다. 나는 크게 웃고 넘겼는데, 그 뒤에 내가 쓴《경섭쌤, 사회가 뭐예요?》책을 몇몇 사람들에게 선물한 것을 보면 아내는 신경이 쓰였나보다.

선생님의
육아법

아내의 해명과 서율이의 자랑(서율이는 네이버나 유튜브 검색을 통해 아빠의 강의 영상을 친구들에게 자랑하곤 했다) 이후 나를 걱정스럽게 바라보던 할머니와 엄마들의 눈빛은 사라졌으나, 내 불편함까지 사라진 것은 아니었다. 일반적이지 않은 내 직업과 아이들에 대한 특별한 교육 방법이 있을 거라 여기는 엄마들의 잘못된 고정관념으로 여전히 나는 고통받았다.

"서율이는 아침에 일찍 일어나요?"
내가 정말 많이 받았던 질문이다. 유치원 버스에 아이를 태우는 엄마들 사이에서 흔하게 하는 질문인데, 내게는 '아이를 아침에 일찍 일어나게 하는 특별한 방법'을 요구하셨다. '선생님'이라는 호칭을 덧붙여서.

"서율이는 일찍 일어나요. 아침에 저와 놀려는 욕심도 있고, 밤에 잠도 일찍 자는 편이거든요."
"몇 시쯤 자는데요?"
"보통 9시쯤 자구요, 공부방에 가는 날은 10시쯤 자요."
"정말요? 어떻게 하면 그렇게 일찍 자나요?"

이런 순서로 대화가 이어지곤 했는데, 일찍 잠자리에 드는 건 서율이가 특별히 부모의 말을 잘 듣거나, 잠이 많아서가 아니라 잘 때가 되었다고 느꼈기 때문이다.

처음부터 서율이가 일찍 잠자리에 들었던 것은 아니다. 다른 아이들처럼 늦은 시간까지 놀고 싶어했고, 잠드는 것을 두려워했다. 분가를 하고 나서, 정확히 말하면 분가 때문이 아니라 내가 아이와 함께 보내는 시간을 늘려야겠다고 다짐을 한 뒤부터 나는 서율이와 놀 수 있는 시간이 많지 않았다는 것을 알게 되었다.

양주에서 서초동 스튜디오까지는 약 50킬로미터 거리였는데, 출근하는 데 걸리는 시간이 상당했다. 촬영이 있는 날이면 나는 보통 오후 2시쯤 출근해서 촬영을 마치고 집에 돌아오면 자정이 넘었다. 집에 오자마자 씻고 바로 잠자리에 들면 한 시쯤 되었기에 서율이와 시간을 보내는 것은 불가능했다.

촬영이 없는 날에도, 친구들과 약속을 잡거나 수업 준비를 하기 위해 늦은 시간까지 외부에 있는 경우가 많았다. 다른 아빠들은 퇴근 후 저녁 시간에 아들과 놀아준다 들었지만, 나는 직업적 특수성이 있다는 핑계를 위안 삼으며 서율이와 놀아주지 못했다.

아들과 유대감을 키워보겠다는 다짐을 하고 나서야 나는 서율이를 위한 시간을 찾으려 노력했다. 직업상 오후에 촬영을 해야 했기에, 오후 시간에 서율이와 함께 하는 것은 불가능했다. 나

는 네 살 아들과 아침에 놀아야겠다고 다짐했다.

아이와
친해져 보겠습니다

　　　　어느 피곤한 아침, 거실에서 떠들고 있는 아들의 목소리에 처음으로 베개 속에 머리를 숨기는 것이 아닌 반응을 했다. 세수도 하지 않고 머리도 손질하지 않은 채, 속옷에 간신히 티 하나를 걸친 아빠였지만, "아빠! 일어났어?", "나랑 놀아줘"라며 반갑게 뛰어와 안기는 아들의 모습에 그동안 미처 경험해보지 못한 피로 회복을 느꼈다.

　　나는 그날 서율이와 놀아주지 못했다. 아이와 노는 것이 어색했고 놀아주는 방법을 몰랐다. 그냥 옆에서 서율이가 지어낸, 장난감에 얽힌 전설들의 이야기를 들어주며 '아~' 소리만 연신 반복했다. 그런 나에게 서율이는 '오늘은 아빠랑 함께 놀아서 너무나 즐거웠다'며 내가 출근하기 전까지 몇 번이나 '내일 아침에도 같이 놀고 싶다'는 말을 했다. 내 확답을 받고 싶어했으나, 내 눈치를 살피는 아내가 "아빠 피곤하니까 조르면 안 돼"라는 말로 아이를 떼어놓을 때마다 서율이는 바로 수긍했다. 나는 피곤했기에 약속하지 못했다.

다음 날 아침에도 서율이는 똑같이 거실에서 아내와 놀이를 했고, 거실은 시끄러웠다. 내가 방문을 열었을 때, 서율이가 나를 쳐다보는 눈빛보다 아내가 나를 더 놀랍다는 듯이 바라보았고, 어제처럼 뛰어와 내게 안긴 서율이는 어제보다 더 많은 이야기를 해주었다.

주물주물과
책 읽기

서율이와 나의 아침 데이트는 몇 가지 변화를 가져왔다. 우선 더 이상 안방의 방문을 닫지 않고 잠을 자게 되었다. 침실의 방문이 열리면서 나를 깨워주던 알람시계가 필요 없게 되었다. 아들이 눈을 뜨자마자 달려와 아직 잠이 안 깬 나에게 뽀뽀를 하며 귓속말로 "아빠, 놀자!"라고 속삭였기 때문이다.

눈에 띄는 두 번째 변화는 우리집 기상 시간이 매우 빨라지면서 서율이가 일찍 잠자리에 들게 되었다는 점이다. 처음 서율이와 데이트를 했던 시간은 오전 9시쯤이었다. 그러나 다양한 놀이에 흥미를 갖게 된 나와, 그런 아빠와 노는 것에 흥분하는 아들의 '케미'가 맞아떨어지면서 우리집 기상 시간은 점차 빨라졌고, 서율이가 유치원에 다니게 된 다섯 살 즈음에는 결국 6시 30분에 일어나게 되었다.

우리는 오전 6시 30분에 하루를 시작했다. 처음 분가를 했을 때는 아내가 학교를 다니지 않았기에(이 시기에는 학원에서 파트 수업을 하는 강사였다) 육아의 대부분을 아내가 담당했다. 이때만 해도 늦은 밤까지 엄마와 함께 놀려고 잠을 자지 않겠다며 울던 아이였는데, 아빠와의 놀이가 익숙해지자 서율이는 저녁 9시가 넘은 시간에 왜 잠을 자지 않느냐며 울기까지 했다. 서율이는 자신이 일찍 일어나 아빠를 깨워야 한다는 사실을 정확히 알고 있었다. 아빠는 잠꾸러기라서 절대 먼저 일어나 자기를 깨우지 않는다는 것을.

나를 가장 기쁘게 했던 세 번째 변화는, 드디어 서율이가 나와 함께 잠을 자게 되었다는 사실이다. 네 살 때까지 서율이는 한 번도 내 품에서 잠이 든 적이 없다. 언제나 엄마 품속이나 할머니의 품속에서 잠이 들었다. 어쩌다 한 번 눈꺼풀이 무거워져 정신을 못 차리는 서율이를 내가 품에 넣으면, 꾸벅꾸벅 졸다가 나를 보고 깜짝 놀라 한 시간이 넘게 울었다. 나는 아들과 함께 잠을 자

는 것을 포기했는데, 아침에 한두 시간 함께 놀면서 많은 변화가
생긴 것이다.

　물론, 그렇다고 서율이가 나와 자는 것에 대해 언제나 관대한
것은 아니다. 지금도 서율이는 잠을 잘 때 1순위가 엄마다. 그러
나, 나와 잠을 자는 경우도 종종 있는데 우선 모기가 있는 곳에서
는 항상 내 옆에서 잠을 잔다.

　나와 아내 그리고 서율이는 모기에 물리는 순서가 정해져 있
다. 내가 가장 많이 물리고 그다음이 서율이, 마지막이 아내다. 아
내는 거의 모기에 물리지 않는데, 정확한 과학적 이유는 모르겠
지만 어쨌든 순서가 정해져 있다.

　모기에 물려 가려운 것을 두려워하는 다른 아이들과 마찬가
지로 서율이도 모기를 너무나 싫어한다. 엄마 옆에서 잠이 들면
자기가 물리지만 아빠와 함께 자면 아빠가 물린다는 것을 경험으
로 알고 있기에 모기가 있는 곳에서는 아빠 옆에서 잔다.

　모기 때문이 아니라 아빠가 좋아서 함께 자는 경우도 생겼는
데, 이때 나는 서율이에게 두 가지 선물을 해주었다. 바로 '주물주
물'과 '책 읽기'였다.

　유전적으로 키가 작은 집안 내력을 물려받은 서율이가 조금

이라도 더 크길 바라는 마음에 나와 아내는 서율이가 잠이 들 때면 10~20분씩 다리를 주물러 주었다.

마사지를 받으면 압이 강해진다는 법칙은 신기하게도 다섯 살 아이의 몸에도 통했다. 내가 다리를 주무르는 시간이 늘어가면서 서율이는 엄마가 아닌 아빠가 주물러주면 좋겠다는 말을 곧잘 했다. 그때마다 나는 아빠와 함께 잠들어야 한다는 조건을 내걸었다. 그럴 때면 서율이도 지지 않고, "그럼 책 읽어주면"이라 대답했다. 서율이는 엄마보다 훨씬 덜 교육적인 책을 읽어주는 아빠의 책 읽기를 즐거워했다. 엄마하고만 모든 것을 함께 하려던 서율이가 주물주물과 책 읽기는 아빠의 역할로 구분한 것이다.

나는 그만큼 서율이에게 다가섰다.

04

아빤 날 사랑하니까

: 내리사랑의 연대기

> 66 아빠가 반드시 해줄 것이라 확신하는 아들에게 나는 언제나 웃으며 묻는다. "아빠가 왜 해야 하는데?" 환하게 웃고 안기며 뽀뽀해주는 아들이 "아빠, 날 사랑하니까~"라고 대답하는 것은 아들과 나 사이의 암묵적인 룰이다. 99

사위 사랑은
장모

나는 처갓집을 좋아한다. 결혼한 지 10년이 가까워지는 지금까지도 전주에 내려갈 때마다 반갑게 맞아주시고, 편식이 심한 사위를 위해 좋아하는 음식만으로 식탁을 가득 채워주시며, 지역의 맛집 정보를 기억해 두었다가 사위가 내려오면 함께 먹방 투어를 다니시는 어머님 덕분에 나는 전주를 참 좋아한다.

여동생 경미의 신랑도 명지대를 좋아하는 것 같다. 처가를 불편해하는 사위도 있다던데, 내 주변에는 본가보다 처가를 좋아하는 녀석들이 더 많다.

꼭 이런 이유 때문만은 아니고, 무엇보다 어머님은 언제나 내게 칭찬을 하신다. '칭찬은 고래도 춤추게 한다'라는 말처럼 나는 어머님의 칭찬에 소중한 사람이 된 것 같아 기분이 좋다.

생각해보면 명지대 엄마도 이 서방(경미의 남편)에게 항상 밝은 얼굴로 칭찬을 하신다. 내게는 '정신 좀 차리고 살아라' 잔소리를 입에 달고 사시지만, 나와 큰 차이가 없어 보이는 이 서방에겐 세상 살 줄 안다며 칭찬을 하신다(입술에 침은 바르시는지 궁금하다).

세상의 엄마들은 아들이 결혼을 하고 애를 낳아도 등짝에 스매싱을 날리지만, 장모님들은 겨울에 반팔 티를 입고 여름에 두꺼운 털옷을 입어도 멋지다 칭찬해주시니 달콤한 거짓말에 넘어가지 않을 사위가 어디 있으랴. 오늘도 난 "정우성보다 사위가 낫다"라며 주변 사람들을 초토화시키는 장모님의 뻔한 거짓말에 꺄르르 좋아 죽는다.

어머님(나는 명지대 어머니를 '엄마'로, 전주 어머니를 '어머님'으로 부른다)은 종종 내게 "말로 먹고사는 사람은 말을 조심하고, 글로 먹고사는 사람은 글을 조심해야 한다" 말씀하셨다. 나는 말도 조심하고 글도 조심해야 하는 사람인데, 유독 가족에게는 항상 조심성이 부족했다. 분가를 하는 순간까지도 나는 참 생각 없이 말을 뱉었던 것 같다. "집에 오지 않아도 괜찮으니 서율이 잘 키워라" 말씀하셨던 아버지에게 무조건 한 달에 한 번은 집에 올 테니 걱정 마시라 말씀드렸다.

나는 내가 경험하지 못한 것들에 대해 분가하는 순간까지도 큰소리를 쳤던 미숙아였다. 결혼을 하고 분가를 하기까지 나는 아무것도 얻지 못했다. "현명함은 경험에 비례하는 것이 아니라 경험을 받아들이는 능력에 비례한다"라는 영국의 극작가 버나드 쇼의 말에 나는 늘 부끄럽다.

불효자는
웁니다

자식을 보고 싶어하는 부모의 마음은 똑같을진대 나는 참 부모님 마음을 몰랐던 것 같다. 분가를 하고서 처음 몇 달은 아버지께 큰소리친 대로 한 달에 한 번 정도 명지대(우리 가족은 본가를 '명지대'로, 처가를 '전주'로 부른다)에 들렀다.

그러나 시간이 지나면서 나의 명지대 방문은 점차 간격이 늘어졌는데, 부모님은, 특히 아버지는 안부 전화를 드릴 때면 서운하다는 티를 팍팍 내셨다. 약속을 했던 내 잘못이 분명함에도 '지키지 못할 약속임을 아시지 않았냐'며 '먹고살기 바쁜 아들을 이해하지 못한다'고 아버지께 서운하다 말씀드리기도 했다.

변명을 하자면 일주일에 3~4일 출근하는 인터넷 강사라는 직업이 시간적 여유가 있다고는 하지만, 촬영이 없는 날에도 교재를 연구하고 수업을 준비하며 게시판을 통해 학생들의 질문을 받아주어야 했기에 일을 하지 않는 것은 아니었다. 더욱이 나와 아내는 육아를 해야 했고, 그때는 정말 바빴다.

시간은 상대적인 개념이라 한 달에 한 번 정도 부모님을 뵙고 오는 것이 누군가에게는 빈번한 일이 될 수 있고 또 다른 이에게는 소원하게 느껴질 수도 있다. 확실하지 않으나 아내는 충분히 과하다 생각하는 것 같았고 나도 적지 않다 느꼈으나, 부모님에게 한 달에 한 번은 사랑하는 손자를 만나기에 턱없이 부족한 시간이었다.

자기 마음을 솔직히 털어놓아야 한다는 것을 모르는 이 없었으나, 결혼 후 서로가 받은 상처가 아직 아물지 않았기에 부모님과 나, 그리고 아내는 아무도 자기 생각을 입 밖으로 내지 않았고 우리는 각자의 아쉬움을 스스로 감내했다.

2년쯤 지난 뒤 할아버지 제삿날에 모인 친척 어른들의 말씀을 듣다가 나는 한 번 더 부모님과 내 생각이 달랐음을 깨닫게 되었다. 몇 달 전 분가한 사촌 동생이 고모댁에 '가끔' 들러 저녁 한 끼 먹고 집으로 돌아간다는 내용이었다.

아버지는 고모부가 돌아가시고 혼자 남으신 고모가 손자를 안고 잠들지 못한다는 사실에 크게 상심하셨다. 손주 사랑이 남달랐던 부모님은 서율이와 같은 공간에서 잠을 자고 밥을 먹고 싶으셨던 것 같다. 명지대를 찾을 때마다 매번 잠을 자고 온 것은 아니었지만, 적어도 한 달에 한 번은 찾아뵈었다는 내 변명이 부모님께는 정말 변명처럼 느껴져 두 분은 서운하셨던 거다.

부모님은 토요일 저녁에 집에서 함께 밥을 먹고 TV를 보고 웃고 떠들다가 잠을 자고, 다음 날 아침에 어머니가 손수 차려주시는 음식을 함께 먹으며 오후에 자식들이 떠나길 기대하셨던 게 분명했다.

명지대에 가지 않은 주말에 쉬기만 했던 것은 아니다. 촬영을 하거나, 출근한 아내를 대신에 서율이를 돌보거나, 부모와의 외출을 기대하는 서율이에게 콧바람을 쐬어주거나, 그것도 아니면 오랜만에 친구들을 만나 술잔을 기울여야 했다.

생각해보니 내 주말에 부모님이 1순위가 아니었다는 건 부정

할 수 없는 사실이긴 하다. 그래도 나는 주말 시간을 잠시나마 쪼개어 부모님을 만나고 싶었고, 나이가 있으심에도 여전히 식당일을 하시는 어머니가 집에서만큼은 일하시지 않았으면 하는 마음에 주말 저녁 한 끼 정도 외식을 하려 뵙자고 했던 건데, 고모와 말씀을 나누시는 아버지를 보면서 '참 많이 달랐구나!'라고 느낄 수 있었다.

아빠,
날 사랑하니까

서율이가 자라면서 나에게 요구하는 것들이 점점 많아졌다. 아내 말로는 태어난 직후부터 아빠에게 우유 달라, 기저귀 갈아달라 등의 요구를 끊임없이 했다는데, 말도 하지 못했던 서율이가 내게 그런 요구를 했다는 게 믿기지 않는다.

내 어렴풋한 기억으로는 분명 서율이는 엄마에게 요구했던 것 같다. 대부분의 아기가 그러하듯 태어난 지 얼마 되지 않은 서율이도 등에 센서를 단 듯 손에서 내려놓으면, 등이 바닥에 닿는 순간 잠에서 깨어 안아달라고 당당하게 울었고, 그럴 때면 애를 울린다 짜증 내는 내 눈치를 살피며 아내는 서율이를 다시 안았다고 한다(지금은 서율이가 울면 내가 아내의 눈치를 살피며 서율이를 달랜다. 서율이가 우는 이유 중 5할은 아내에게 혼이 났기 때문이고, 나머지 5할은 아내에게 삐졌기 때문이다).

나는 사람들에게 아주 오랫동안 '서율이는 진짜 순하다', '키우기 쉬웠다'라는 말을 하고 다녔다. 아내는 '서율이가 순했다'라는 말이 나오면 삼겹살 기름이 튄 것처럼 즉각적으로 나에게 그렇지 않았음을 주지시켰다.

잠을 자지 않는 서율이를 태우고 새벽 한 시에 강변북로를 드라이브했던 기억을 떠올려보면, 아내 말이 옳은 것 같다(서율이는 차를 타면 잠이 들었는데, 정지된 차가 아니라 움직여야만 했다. 새벽 한 시의 강변북로는 서율이에게 딱 맞는 코스였고, 한강의 야경은 아내에게 휴식이 되었다. 이때 나는 아내의 휴식은 알지 못했다).

이렇듯 유아기 시절 서율이의 요구는 대부분 내가 인지하지 못한 것들이었으나, 유치원을 다닐 때쯤 서율이의 요구는 명확했고 나를 향해 있었다. 아들의 요구는 크게 두 가지였는데, 하나는 누구나 할 수 있는 손쉬운 부탁이었고, 다른 하나는 거의 대부분이 할 수 없는 황당한 부탁이었다.

아버지는 내가 서율이를 키우는 시간이 늘어나는 것에 대해

못마땅한 부분이 많으셨다. 그간에 쌓인 오해들로 인하여 '아내가 아닌 내가 육아를 하는 것이 못마땅하신가?'라고 생각한 적도 있지만 그건 100퍼센트 내 오해였다. 아버지는 나의 자식 교육 방법이 맘에 들지 않으셨다.

아버지는 우리 세대 여느 아버지들과 달리 엄한 아버지는 아니셨다. 오히려 오늘날의 이상적인 아버지상에 가까운 친구 같은 아버지였으나, 그래도 시대의 격차는 있었다. '친구 같은 아버지'였지만 방점은 아버지에 찍혀 있었다.

아버지는 일곱 살 서율이가 내게 하는 요구들, 내가 쉽게 웃으며 들어줄 수 있는 요구들에 당황하셨다. '옷을 입혀달라, 옷을 벗겨달라, 밥을 먹여달라, 물을 먹여달라, 씻겨달라, 양치질을 해달라'까지, 충분히 스스로 할 수 있는 사소한 것들을 아빠에게 요구하는 서율이를, 그리고 그 요구들을 스스럼없이 해주는 나를 이해하지 못하셨다.

나는 서율이의 부탁을 특별한 상황(부모님과 아내가 강한 거부감을 나타내는 상황)이 아니면 대부분 들어주었으나, 부모님과 아내가 걱정하듯 마냥 들어준 것은 아니었다. 나는 서율이가 부탁을 할 때면 "아빠가 왜 그렇게 해야 해?"라고 물었고, 그럴 때면 서율이는 "아빤, 날 사랑하니까~"라는 대답과 함께 내가 해줄 것이라는 확신에 찬 눈빛을 보내왔다. 가끔은 '내가 아들에게 너무 끌려다니는 것이 아닌가?'라는 생각을 할 때도 있지만, 일곱 살 아들의 요구를 매몰차게 거절하는 아빠는 세상에 없을 것이다.

분명 아버지도
날 사랑하실 텐데

이제 나는 안다. 서율이가 내게 무언가를 원할 때 짓는 표정은 둘 중 하나다. '아빠가 당연히 해줄 거야'라는 확신에 찬 표정과 '아빠가 과연 해줄까?'라는 반신반의한 표정. 아내와 부모님께는 말하지 않았지만 서율이가 나를 보며 이야기할 때는 분명 아주 미세한 눈빛의 차이가 있음을 느낀다.

아빠가 반드시 해줄 것이라 확신하는 아들에게 나는 언제나 웃으며 묻는다.

"아빠가 왜 해야 하는데?"

환하게 웃고 안기며 뽀뽀해주는 아들이 "아빠, 날 사랑하니까~"라고 대답하는 것은 아들과 나 사이의 암묵적인 룰이다.

일곱 살이 되면서 서율이는 스스로 판단하고 나에게 요구를 한다. 대답은 고민할 필요가 없다. 서율이가 이미 답을 찾은 후 나에게 부탁하기 때문이다. 나는 그저 아들의 눈빛을 읽으면 되는 것이다.

아들의 똑같은 질문에 언제나 다른 대답을 하는 나를 보며 부모님과 아내는 불평을 터뜨릴 때가 있다. 서율이가 해야 할 것들을 내가 일일이 해주는 것도 불만이고, 또 해줄 때와 해주지 않을 때가 명확히 구분되지 않는 것도 불만이다. 그러나 가족들이 오해하듯 기분에 따라 다르게 행동하는 것이 아니라 서율이의 판단이 다르기 때문임을 어찌 설명할 수 있을까?

서율이가 내게 하는 황당한 부탁은 내가 못 하는 것들이다. 국가대표팀 축구 선수들이나 할 법한 다양한 스킬을 보여달라던가, 노란 스포츠카를 태워 달라던가, 추성훈과 같은 몸짱 아빠가 되어 달라던가(명지대에 가면 가끔씩 들르는 목욕탕 남탕에 추성훈의 사진이 걸려 있다), 아니면 중국어와 일본어를 유창하게 해보라는 것들이다.

나는 이런 부탁을 받으면 고개를 15도 정도 젖히고 눈을 동그랗게 뜨고 볼에 바람을 넣으며 묻는다.

"아빠가 왜 해야 하는데?"

"아빤, 날 사랑하니까~!"

배꼽 빠져라 웃으며 대답하는 아들과 나는 놀이를 시작한다.

서율이는 이미 처음부터 내가 할 수 없다는 것을 알고 있다. 일곱 살은 충분히 그런 나이다. 서율이가 바라는 건 운동장에서 축구 선수들을 흉내 내다가 넘어지고 쓰러져 함께 웃는 아빠, 노란색 람보르기니 R/C카를 가지고 아파트 단지 이곳저곳을 함께 운전하는 아빠, 복근을 찾아볼 수 없는 몸으로 미스터 코리아에 도전하는 아빠, 엉터리 중국어와 일본어로 아들을 웃겨주는 아빠를 만나고 싶은 것이다.

서율이는 언제나 "아빠, 날 사랑하니까~"라고 말한다. 나 역시 그 말을 한 번도 의심해본 적이 없다. 나는 어떨까? 서율이가 내게 웃으며 말하듯 나도 아버지에게 웃으며 말할 수 있을까? 분명 아버지도 날 사랑하실 텐데, 왜 난 그렇게 말하지 못했을까? 확신에 찬 눈빛으로 아버지를 바라보며 "아빠, 날 사랑하니까~"라고 외쳤다면 내 마음을 알아주셨을 텐데, 어른이 되어버린 나는 그 표정을 잊어버렸나 보다. 서율이에게 "아빠, 날 사랑하니까~"라는 말을 듣고 싶어하는 건, 아마도 내가 아버지에게 하고 싶어서인가 보다.

05

처음 아이를 혼낸 날

: 훈육에도 기술이 필요해

> 처음 아이를 혼냈을 때, 그 당혹감을 잊을 수가 없다. 목소리를 높이던 순간부터 나는 어찌해야 할지 몰랐다. 부모님께 짜증을 내거나 아내와 말싸움을 하거나 친구들 사이에 다툼이 생겼을 때는 한 번도 신경 쓰지 않았던 부분이었다. 일단 혼을 내면 마무리도 내가 지어야 한다는 사실이었다.

파뚱아와 쏭마와
다섯 살 아이

서율이는 내게 '파뚱아'라는 별명을 붙여주었다. '파워 뚱뚱보 아빠'의 줄임말이다. 서율이가 "파뚱아~~"하고 부를 때면 나는 "그거 반말 아니야?" 하고 웃으며 대꾸한다. 그러면 서율이는 나를 쳐다보며 "아니야, 그냥 아빠 별명 부른 거야"라며 킥킥거리며 웃어댄다.

맨손으로 사과를 쪼개는 것을 보여준 뒤로 아빠를 존중하는 태도가 생겼고, 추운 겨울 어느 날 자동차의 손잡이를 당기다 뽑았을 때는 "아빠, 진짜 힘 쎄다~"라며 '엄지 척!'을 했다(자동차가 오래되었고, 손잡이가 녹슬어 있었다). 기계를 다루는 것이 서툴렀던 나는 무언가를 자주 망가뜨리거나 부쉈고, 그때마다 서율이는 "아빠가 힘이 세잖아. 그래서 그런 거야"라며, 눈을 흘기는 아내에게 나 대신 변명을 해주었다(요즘에는 "아빠 이것도 할 줄 몰라? 기계는 엄마한테 맡기라니까!"라며 나를 구박한다).

오르막길에서 자전거를 밀어줄 때면 서율이는 "아빠 파워!"를 외치곤 했는데 아빠가 진짜 힘들다고 말해도 도무지 믿지를 않았다. 뽀뽀만 하면 파워가 충전된다고 믿었던 어린 아들이었다.

서율이와 나는 엄마(아내)에게도 '쏭마'라는 멋진 별명을 붙여주었는데, '마녀 송수미'라는 뜻이다. 우리가 '쏭마'라 부르면, 아내는 어이없다는 표정을 지으며 "진짜 마녀 한번 구경해볼래?"라고 소리를 쳤고 우리는 소리를 지르며 거실을 방방 뛰어다녔다. 층간 소음에 예민한 아내가 정말 마녀로 변하여 아들을 혼내면 우리는 '거봐! 마녀라니까!' 입 모양으로 대화를 했다. 결혼 전에는 내게 '예쁜 공주님' 소리를 들었고, 결혼 후에도 부모님께 '우리 새 아가' 소리까지 들었던 아내였는데, 지금은 '마녀 송수미'가 되었다.

서율이와 나는 가끔 안방에 걸린 우리 부부의 결혼 사진을 보며 유치한 대화를 나눈다.

"엄마 예쁘지?"

"응, 엄마 진짜 예뻐."

"그래서 아빠가 결혼한 거야~. 너도 나중에 엄마처럼 예쁜 여자랑 결혼해."

"싫어. 그냥 엄마랑 결혼할래."

"엄만, 아빠 꺼거든?"

"엄마는 내가 더 좋다고 했어!"

사진 속 아내는 정말 예쁘다.

아내의 하루가 고단해지는 만큼 내가 서율이와 함께 하는 시간이 늘었고 그럴수록 아이를 혼내야 하는 불편한 상황이 눈앞에 현실로 다가왔다. 매년 떡국만 먹으면 얌전하고 예의 바른 어린이로 클 것이라는 막연한 기대감은 토요일 오후 로또를 사면서 1등 당첨을 상상하는 내 모습과 다름이 없었다. 복권을 여러 번 사보았으나 나는 아직 1등에 당첨되지 못했다. 서율이는 가만히 두면 얌전하고 예의 바른 어린이로 성장하는 것이 아니었다. 서율이가 태어난 뒤 약 4년 동안 지켜만 보았다. 지켜보았다는 말조차 미안하다. 그냥 옆에 있었을 뿐이다.

다섯 살이 되자 서율이는 세상의 주인공이 되고 싶어했다. 세상 모든 일에 관심을 가졌고 관심을 받고 싶어했다. 유치원 버스를 타기 위해 아빠 손을 잡고 현관문을 나서면, 버스가 도착하는 아파트 단지 입구까지 아빠와 수다를 떨었고 만나는 사람들과 이야기를 나누었으며 단지에 핀 꽃들에게 인사를 했다. 친구들과 함께 강아지와 고양이를 뒤쫓아 뛰기도 했다.

아내는 기간제 교사였다. 정규직 교사 아내를 두어본 적이 없어 객관적으로 비교하기는 힘들지만, 적어도 내 눈에 비친 아내는 언제나 자신의 몫 이상으로 노력하려 애썼다. 보이는 곳뿐만 아니라 보이지 않는 곳에서 더 열심히 노력해야 계약이 연장되는 비정규직 교사의 모습이 안쓰럽게 다가왔다. 이기적이나, 안쓰럽게 일하는 아내의 하루하루가 내 삶의 무게를 더하고 있었다.

다섯 살과의
미션 임파서블

아침 여섯 시 반에 눈을 뜨는 아들의 일과는 언제나 아빠와의 놀이로 시작되었다.

다섯 살의 서율이는 몇 가지 놀이를 즐겨했는데 그중에서 가장 좋아했던 놀이는 '세상을 그림 그리기'였다. 일고여덟 장의 종이에 '노랑노랑 바나나 마을', '간질간질 간지럼 마을', '사랑유치원 마을', '라온 태권도 마을' 등의 이름을 붙이고 크레파스로 각각의 종이를 마을로 꾸몄다. 모든 종이를 꾸미고 나면 테이프를 이용해 하나로 붙인 후 길을 만들어 손가락이나 크레파스로 마을을 다니면서 아빠와 함께 역할놀이를 즐겼다. 노랑노랑 바나나 마을에 가면 바나나를 먹었고, 간지럼 마을에 가면 아빠와 간지럼을 즐겼으며, 사랑유치원 마을에서는 자상한 선생님이 되었고, 태권도 마을에서는 용감한 사범님이 되어 아빠에게 태권도를 가르쳤다.

서율이가 좋아했던 또 다른 놀이는 레고 놀이였다. 명지대 1층에서 장사를 하셨던 부부에게 레고 상자를 물려받았는데, 원래는 온전했던 여러 종류의 레고 모음에서 떨어져나온 온갖 자투리 조각들을 모아놓은 상자였다. 레고 놀이는 상자 속에 있는 부품들로 자신만의 장난감을 만드는 것이었다. 제작자의 설명이 없으면 무엇을 만든 것인지 아무도 알 수 없었으나 서율이는 성을 짓고 기차를 만들고 로봇을 만들었으며 성 안에서는 로봇들이 기차를 타고 뛰어놀았다.

문제는 이런 놀이를 할 때면 상당한 시간이 걸린다는 것이었다. 책을 읽거나, 날이 좋아 아침 일찍 놀이터에 가서 30분 정도 공놀이를 하는 날이면 무난한 하루의 시작이었지만, '오늘의 놀이'로 그림 그리기나 레고 상자를 선택하는 날이면 언제나 나는 시간을 정해주어야 했다. 밥을 먹여야 하고 몸을 씻겨야 하고 옷을 갈아입히고 나면 화장실에도 가고 싶다는 서율이를 유치원 버스에 늦지 않게 태워야 했기 때문이다.

그러나 다섯 살 서율이에게 시간을 지키며 놀아야 한다는 사실은 이해할 수 없는 문제였다. 그때는 시간이 문제라 생각했는데, 혹시 시간이 아니라 놀이를 완성하고 싶었던 아이의 마음을 몰랐던 내가 문제는 아니었을까?

둘 중 무엇이 정답이었든 나는 아침마다 놀이를 멈춰야 하는 이유를 설명하느라 꽤나 많은 시간을 소비해야 했다. 서율이는 거의 매일 눈물을 흘렸고, 나는 유치원 버스를 놓치면 안 된다는 점을 강조했다.

여덟 시가 되면 아침 준비를 시작했다. 아내는 늘 식탁에 아침을 차려놓고 출근을 했는데, 일이 바빠져서인지 아니면 나에 대한 믿음이 커져서인지 내가 아침을 준비하는 일도 점차 잦아졌

다. 나는 아침을 준비할 때면 계란프라이를 주로 했는데, 아내와 달리 요리에 재능이 없던 나에게는 노른자를 터뜨리지 않고 동그랗게 만드는 것이 무척 곤욕이었다. 아들은 프라이와 스크램블에 대한 취향이 확실한 편이라 노른자가 터지지 않은 동그란 반숙의 프라이를 선택했는데 아빠가 만든 스크램블을 보며 한바탕 눈물을 쏟곤 했다.

아침을 먹고 나면 씻기고 옷 입히는 일도 만만치 않았다. 나는 목욕에 대해 좋은 추억이 많다. 그래서 서율이와 저녁에 목욕을 할 때면 신나게 떠들며 재밌게 놀았고 오랜 시간 안아주었다. 목욕탕에서 아침, 저녁으로 바뀌는 아빠의 모습에 서율이는 헷갈려 했다. 웃으며 옷을 벗고 욕실로 뛰어들어가는 서율이에게 "시간 없으니까 빨리 씻자"라는 내 말은 가혹했다. 샤워 후 옷을 입히고 엘리베이터 버튼을 누르면 그제야 화장실에 가고 싶다 말하는 아들을 보며 휴대전화의 시간을 확인하고 "빨리 해, 시간 없어"라고 말하는 건 일상이었다.

서율이를 유치원 버스에 늦지 않게 태우는 것이 하루를 시작하는 내 첫 번째 미션이었으나, 웃으며 임무를 완료한 날은 많지 않았다. 설득하고 달래고 화를 내고 사정해보기도 했으나 매일 새롭게 리셋되는 아들 덕분에 내 미션도 매일 새롭게 리셋되었다.

혼낼 때와
끝낼 때

다섯 살이 되자 서율이는 매일 아침 새롭게 충전되는 에너지를 발산하기 위해 다양한 사고를 쳤다. 나는 '사람은 스스로 깨달아야 한다'라고 믿었으나 서율이를 보며 '다섯 살에게 깨달음은 무리'라는 현실을 깨달을 뿐이었다.

식당에 가면 여느 아이들처럼 테이블 주위를 뛰어다녔고, 마트에 가면 장난감을 손에 쥐고 나타나 "착한 어린이가 될게요. 이거 갖고 싶어요!"라는 대본을 읽는 연기자가 되었으며, 위험하니 하지 말라고 하면 무엇이 위험한지 직접 몸으로 느끼려 했다.

아들과 공유하는 시간이 늘면서 '웃음꽃이 핀다'라는 말의 의미를 실감했으나, 육아는 엄청난 인내심이 필요한 작업이라는 사실도 깨닫게 되었다. 아들의 '무한 반복 에너지'가 강력해질 때면 멈춰야 하는 순간을 어떻게 설명할지 고민해야 했다.

당연히 설득하는 것이 우선이겠지만 따끔하게 화를 내야 할 순간이 있다. '화를 낸다'라는 표현보다는 '혼을 낸다'라는 표현을 쓰고 싶다. 내 의사를 정확히, 그리고 강하게 전달해야만 하는 순간이 있는 것이다.

처음 아이를 혼냈을 때, 그 당혹감을 잊을 수가 없다. 목소리를 높이던 순간부터 나는 어찌해야 할지 몰랐다. 부모님께 짜증을 내거나 아내와 말싸움을 하거나 친구들 사이에 다툼이 생겼을 때는 한 번도 신경 쓰지 않았던 부분이었다. 일단 혼을 내면 마무리도 내가 지어야 한다는 사실이었다.

혼을 내자 서럽게 울며 눈치를 보는 아들에게, 나는 무엇을 할지, 어떤 말을 해줘야 할지, 어떻게 하면 울음을 그치고 다시 웃을지, 아무것도 알 수가 없었다. 머릿속이 텅 비고, 눈앞이 캄캄했다. 조금 더 혼을 내야 하는지, 아니면 그만 멈춰야 하는지조차 분간할 수 없었다. 감당도 못 할 일을 괜히 시작했다는 자책감만 머릿속을 맴돌았다. 그만하고 싶었고 빨리 끝났으면 좋겠다는 생각만 들었다.

나를 쳐다보며 울고 있는 아들 앞에서 나는 말을 멈추고 화가 난 표정을 지으며 상황을 종료시킬 명분을 찾고 있었다. "아빠 잘못했어요. 다시는 안 그럴게요"라고 말해주면 좋겠다는 생각만 떠올랐으나 이미 마음의 문을 닫은 아들에게 간절한 내 마음은 전달되지 못했고 서율이는 울기만 했다. 결국 목마름이 컸던 내가 먼저 우물을 팔 수밖에 없었다.

"서율아! 잘못했지? 앞으로는 그러지 마!"
"네."
"서율아, 사랑해! 아빠가 화내서 미안해. 하지만 서율이가 너무 말을 안 듣잖아. 다음에는 아빠 말 좀 잘 들어줘."

결국 내 부탁으로 대화가 끝나자 서율이는 내게 안아달라 말하며 가슴에 맺힌 것을 모두 털어내려는 듯 소리 내어 펑펑 울었다. 울음이 잦아들 때까지 나는 생각했다. 앞으로는 어떻게 해야 할까?

나는 울음을 그친 서율이에게 말했다.

"아빠 생각에는 우리가 함께 지내다 보면, 서율이가 아빠에게 혼날 일이 더 많아질 것 같아. 그렇지? 그래서 생각해봤는데 서율이가 아빠에게 잘못을 하고 혼이 날 때, '아빠 잘못했어요, 아빠 사랑해요' 하고 뽀뽀를 해주면 더 이상 화내지 않을게. 딱 거기서 멈출 테니까 나중에 혼나면 '아빠 잘못했어요, 아빠 사랑해요' 말하고 뽀뽀해줘. 알겠지?"

서율이는 가슴에 안긴 채 눈물을 닦으며 고개를 끄덕였다. 이건 내 바람이었다. 나는 정말 언제쯤 멈춰야 할지를 몰랐다.

이 방법은 매우 효과적이었다. 서율이는 매일 칭찬 도장을 받는 것보다 더 자주 사고를 쳤고, 나는 그때마다 적당히 혼을 내었으며 우리는 "아빠 잘못했어요, 아빠 사랑해요"라는 말과 뽀뽀를 통해 상황을 정리했다. 서율이가 내게 말을 걸면 나는 혼내는 것을 멈추었고 뽀뽀를 하면서 내 상처를 치유할 수 있었다.

서율이는 '아빠 잘못했어요, 아빠 사랑해요, 쪽!'을 악용하지 않았다. 충분히 반성할 만큼 혼이 난 이후에 내게 말을 꺼냈고, 나도 서율이의 말을 들으면 멈출 때가 되었다는 것을 알 수 있었다. 그건 서율이가 아닌 나를 위한 열쇠였다. 혼을 내는 것과 마무리를 짓는 것은 어른의 판단만으로 가능하다 생각하지 않는다. 그건 아이에게 화를 내는 것과 무엇이 다른가?

06

아빠 수영할 줄 몰라?

: 20미터, 용의 전사가 되는 거리

열심히 하면
달콤하다는데

　　　　지루하진 않았지만 힘들고 갑갑했던 고등학교 생활을 무난히 버틸 수 있었던 건 '대학만 가면 예쁜 여자친구가 생긴다'는 선생님들의 거짓말에 너무나 순진하게 속았기 때문이다.

　　대학교 신입생이 되어 미팅을 나갔는데도 꿈꾸던 결과는 나오지 않았다. 남중, 남고를 졸업한 나는 처음 보는 여학생들을 배꼽 빠지게 할 유머 감각이 있었던 것도 아니고, 다른 친구들을 오징어로 만들 우월한 외모가 있었던 것도 아니며, "오늘은 내가 쏠게!"라고 말할 수 있는 두툼한 지갑을 가진 것도 아니었다.

　　미팅은 나 같은 평범한 참석자에게 주인공을 빛내줄 감칠맛 나는 조연의 역할조차 배정하지 않았다. 그러나 모든 연기자가 그러하듯, 최고의 연기를 뽐내어 극의 마지막에는 주연 배우를 밀어내고 CF 몇 개를 찍을 수 있는 인생작 캐릭터를 연기하겠다는 마음으로 나는 매번 미팅 테이블에 앉았지만, 성실한 구청 공무원마냥 늘 그녀들의 호구조사만 했다.

아주 가끔 "취미가 뭐예요?", "좋아하는 계절은 뭐예요?" 식의 질문을 던지며 소외된 사람을 챙기는 배려심이 많은 여학생도 있었는데, 매번 "취미는 독서와 음악 감상, 좋아하는 계절은 딱히 없어요"라고 대답했던 나를 돌이켜보면 타임머신의 개발이 시급하다는 생각이 든다. 딱 그 순간으로 돌아가면, 머리를 한 대 쥐어박으며 "너 지금 열심히 안 하냐?"라고 말해주고 싶다.

나는 '열심히 한다'는 것의 달콤함을 너무 늦게 깨달았다. 그래도 다행이다, 막차라도 타서. 놓쳤으면 흔히들 말하는 '열심히 일만 하다 죽었다'라는 문장에 쓰인 딱 그 '열심히'만 내뱉다 죽었을 테니까. 나의 삶을 반추하면 분명 '열심히'는 달콤하다.

어느 더운 여름 토요일 아침, 아내는 서율이에게 '지구 온난화'를 설명하고 있었다. 실상, 에어컨 바람이 밖으로 나갈까 창문을 꼭 닫고 거실에 모여 있는 우리 세 사람이 지구 온난화의 증거였다. 만약 지금 에어컨이 없다면 분명 녹아내렸을 내가, 서율이 나이였을 때는 선풍기 바람만 쐬고도 살아남았으니 지구가 점점 뜨거워지는 것이 확실하다.

"아픈 지구를 위해 '탄소 배출량' 문제에 관심을 가져야겠다"라고 말하며 두 사람의 대화에 불쑥 끼어들었더니, 서율이는 "아빠가 과학도 알아?" 하며 눈을 동그랗게 떴다. "요건 사회도 되거든?" 웃으며 말하는 아빠를 보며 "오~" 감탄사를 내뱉는 아들은 나에겐 언제나 선물이었다.

어쨌든 그날은 매우 더운 여름이었고, '아빠! 오늘은 무엇으로 나를 즐겁게 해줄 건가요?'라는 눈빛을 보내는 서율이에게 나도 받은 만큼의 선물을 해줘야 했다. 아내 역시 '이렇게 더운 여름의 주말, 나에게 휴가를!'이라는 의미를 담은 레이저를 쏘아댔다. 반짝거리는 네 개의 눈동자 앞에서 나는 위기가 닥쳤음을 직감했고 당장 두 사람이 만족할 만한 해결책을 내놓아야 했다. 물론 이런 경우가 처음은 아니었기에 능숙하게 답을 찾을 수 있었다.

"서율아! 오늘은 아빠랑 둘이 수영장 갈까?"

아내와 아들의 만족스러워하는 표정을 보며, 오늘도 나는 정답을 맞추었음에 안도했다. 처음부터 답 찾기가 어려운 문제는 아니었다. 답은 이미 정해져 있고, 대답만 하면 해결되는 문제였다. 대답하려면 용기가 필요하긴 하지만······.

평일이 고되어 주말에는 늘 쉬고 싶어하는 아내, 이제는 아빠와 어느 곳에 가더라도 충분히 만족하는 아들(서율아, 엄마랑 둘이 놀러가도 무지 재밌어! ㅜㅜㅜ), 무엇보다 정신은 고되나 몸이 고되지 않은 내 직업에 감사한다.

수영장에
가다

　　　　　서율이와 단둘이 가는 수영장은 아이들이 좋아하는 워터파크가 아니었다. 아직 어렸던 서율이는 워터파크에서 슬라이드를 타는 것에 두려움을 느꼈고, 이곳저곳에서 쉴 새 없이 쏟아져 나오는 물줄기를 싫어했다. 아빠가 튜브를 태워주고 시원한 물속에서 함께 웃을 수 있는 수영장이면 충분했다.

우리가 자주 다녔던 수영장은 북한산 자락에 자리 잡고 있었다. 내가 대학교 1학년 때도 친구 두 놈과 가본 적이 있는 곳이니 족히 20년은 훌쩍 넘은 옛날식 수영장이다. 가운데에는 성인이 놀 수 있는 큰 풀이 있고(깊은 곳은 내 키보다 깊었다. 물론 내 키가 큰 것은 아니지만 수심 1미터80센티미터라면 상당히 깊지 않은가?) 그 옆에 아이들이 놀 수 있는 작은 풀이 하나 더 있었다. 수영장 바로 옆에서는 사람들이 불판을 꺼내어 삼겹살을 구워 먹을 수도 있었는데, 물놀이를 하러 오는 사람보다 고기를 구워 먹으러 오는 사람들이 더 많았던 그런 곳이다.

그날은 수영장에 한 사람이 더 왔다. 나와 20년 지기 대학 동기 녀석인데, 태국 여행을 갔다온 지 얼마 되지 않아 팔뚝에 서율이 얼굴만 한 용 그림을 그리고 나타났다. 한국에 돌아온 이후 지워지기 전에 보여줘야 한다며 매일 귀찮게 전화를 하던 녀석에게 수영장은 자랑하기 딱 맞는 장소였다.

수영장으로 이동하는 차 안에서 전화를 받은 서율이가 "재성이 삼촌, 아빠랑 북한산 수영장 가요"라는 말을 끝마치기도 전에 "서율아, 삼촌도 지금 갈게. 거기서 보자"라는 대답이 나온 걸 보면, 그날도 분명 팔뚝이 드러나는 나시 옷을 걸치고 홍대나 연남동의 새로 생긴 카페에서 테이블에 앉아 맥주나 한 병 마시자고 전화한 것이 분명했다.

지금이야 마흔 넘었다고 말하지 않아도 사람들이 충분히 짐

작하지만, 몇 년 전만 해도 재성이는 상당히 훌륭한 몸을 가지고 있었다. 울퉁불퉁한 근육질이 아니라며 툴툴대던 녀석은 오랜 기간 헬스를 한 결과 군살 없는 몸매를 자랑했다. 래시가드를 입지 않으면 불편해 하는 요즘 사람들의 시선 속에서도 녀석은 내 손바닥보다 작은 삼각 수영복을 입고도 당당했다.

다만 온몸을 감싸는 수북한 털이 훌륭한 몸매보다 사람들의 시선을 먼저 붙잡는다는 게 아쉬울 뿐이었다(서율이는 재성이에게 '원숭이 삼촌'이라는 별명을 붙여주었다). 재성이는 수북한 가슴털에 대해 자부심이 상당했는데, 대학교 신입생 때부터 단추를 두 개씩 풀고 다니며 사람들의 시선을 독점했었다.

남자 셋이 함께 간 수영장은 서율이에게는 꽤 강렬한 인상을 남긴 것이 분명했다. 원숭이 삼촌이 물속에서 돌고래처럼 엄청난 포스를 뿜었기 때문이다. 수영장 한가운데 가장 깊은 곳에서 수영장을 가로지르는 원숭이 삼촌을 보며 서율이는 내게 물었다.

"아빠는 수영할 줄 몰라?"

나는 아주 잠깐 고민을 했고, 감당하지 못할 거짓말을 했다.

"음, 지금은 못 하는데, 다음에 오면 할 줄 알아."

서율이는 산타클로스를 믿는 아이였다.

"그럼 다음에 보여줘!"
"알았어, 아빠가 다음에 저기 건너는 거 보여줄게!"

나의 대답을 듣고 서율이는 신이 난 것 같았다.
"재성이 삼촌, 아빠가 다음에 오면 수영하는 거 보여준대요~"
라고 환하게 웃음 짓는 어린 아들과 "이젠 수영장 못 오겠구나"
라고 대답하는 결혼 안 한 친구를 보며 나는 속으로 '에라, 모르
겠다'라고 눈을 질끈 감아버렸다. 우리는 배가 고파질 때까지 물
밖으로 나오지 않았다.

여름날의 길었던 해마저도 집에 가자고 보챌 시간이 되어서
야, 우리 셋은 샤워를 했다. 서율이는 샤워실에서 누구에게나 들
릴 만큼 큰 목소리로 "아빠, 삼촌 팔에 용이 사라졌어"라고 내 귓
가에 속삭였다. 재성이는 "용이 삼촌 몸에서 탈출한 거야. 삼촌은
이제 더 이상 용의 전사가 아니야"라며 그날 한 말 중에 가장 서

율이를 만족시킬 만한 대답을 했다.

주차장에서 차를 타고 집으로 출발한 뒤 채 500미터도 안 갔
는데 한 중국집이 보였다. 가게 벽에 커다란 용이 그려진 곳이었
다. "용이 저기로 갔다!"라고 외치는 서율이에게 나는 재성이가
딴소리 못 하도록 "새로운 용의 전사가 나타날 때까지 저기서 기
다리는 거야"라고 먼저 대답해주었다.

수영을
배우다

　　　　　월요일 아침 서율이를 유치원에 보내고 제일 먼저
한 일은 수영 학원을 검색하는 일이었다. 날짜를 확정한 것은 아
니었지만, 조만간 수영장에 갈 테니 그때까지는 수영을 배워야
했다. 사람마다 차이가 있지만, 나처럼 물을 무서워하고 수영을
전혀 못 하는 성인 남자가 수영을 배우는 데는 보통 두 달 정도
걸린다고 했다. 내게는 너무나 긴 시간이었다.

검색을 마치고, 덕정도서관을 찾았다. 과학 교사인 아내는 뼛
속까지 이과생이지만, 사회 교사인 나는 아날로그 감성이 풍부한
문과생이다. 뭔가 배우려면 우선 책을 읽어야 했다. 어떤 기계를
만지든 설명서 읽는 것을 부끄럽게 생각하는 아내와 달리, 나는

설명서를 읽기 전에는 무서워서 기계를 만지지 못한다. '무섭다'는 표현이 조금 어색해 마땅한 다른 말을 떠올려 보았으나, '무섭다'는 단어가 내게는 딱 맞는 표현이었다. 나는 컴퓨터의 그래픽카드도 교체할 줄 모른다.

수영을 배우기 위해 도서관에서 책을 읽었고, 네이버에서 동영상을 검색해 수십 번을 반복해서 보았다. 머리로는 정리가 되었으나 수영은 머리로 하는 것이 아니기에 수영을 할 수 있는 공간이 필요했다.

양주시로 이사 온 후 알게 된 점이, 지방은 사람이 살기에 낙후되지 않았다는 사실이다. 다양한 복지시설이 훌륭하게 갖춰져 있었는데, 수영장도 마찬가지였다. 집에서 차로 10분 거리에 자유 수영을 할 수 있는 수영장을 갖춘 스포츠센터가 있었다.

나는 매일 수영장에 갔다. 서율이를 유치원 차에 태워 보낸 후 씻지도 않고 바로 수영장으로 향했다. 그곳에서 샤워를 하고 몸풀기 체조를 한 후 책에서 읽고 동영상에서 본 동작을 따라했다.

누군가의 도움 없이 수영을 배운다는 것은 정말 쉽지 않았다. 책을 읽고, 동영상을 보고 수영장에서 동작을 흉내 낸 지 3주 정도 흘렀다. 나는 북한산 수영장에서 가장 깊은 곳을 가로지를 정도, 딱 그 정도의 실력이 되었다. 때마침 서율이는 내게 수영장에 가고 싶다는 말을 꺼냈고, 아내는 내게 다시 충전이 필요한 시점이 되었다고 SOS를 날렸다.

나는 절반의 자신감과 절반의 불안감을 가지고 원숭이 삼촌이 수영을 했던 수영장 가장 깊은 곳에 섰다. 다행히 오래된 수영장이라 폭은 채 20미터가 되지 않았다. 몇 번의 호흡으로 충분히 건널 수 있었고, 아직 어린 서율이는 수영 동작이 주는 우아함보다는 사람이 물에 뜬다는 사실에 더 감격하는 아이였다.

20여 미터의 짧은 거리도 몇 시간 반복하면 수킬로미터가 될 수 있음을 몸으로 증명하고 온 나는 집에 도착한 이후 기억을 잃었다.

기억을 되찾은 다음 날 아침, 식탁에 앉은 서율이가 아내에게 가장 먼저 꺼낸 말은 "엄마 그거 알아? 아빠도 수영할 줄 알아"였다. 아내의 커다란 비웃음 소리가 이어졌지만 "엄마도 보고 싶지?" 말하는 아들은 아빠의 수영 실력에 만족했다. 그날 이후 서율이에게 나는 수영을 할 줄 아는 아빠가 되었다.

내가 수영을 책과 동영상으로 배웠다고 말하면 아무도 믿지 않는다. 아내와 서율이, 그리고 재성이가 이 사실을 증명해줄 증인인데, 그들 모두 내가 워낙 특이한 사람이라고 치부해버린다.

그러나 내가 기억하는 건, 다섯 살 아이에게는 이왕이면 수영을 할 줄 아는 아빠가 좋다는 거다. 내가 수영을 할 수 있었던 비결은, 물에 대한 공포감을 떨친 게 아니라 서율이에게 보여줄 만큼만 수영하면 되었기 때문이다(물론 그 뒤로도 꾸준히 연습했기에 난 수영을 좋아하게 되었다).

20미터는 성인 남자라면 누구나 조금만 노력하면 할 수 있는 거리다. 우리나라의 수영장 길이는 대부분 25미터가 넘지 않는다. 다섯 살 아이에게 꼭 수영 선수 아빠가 필요한 건 아니다. 안 하는 것과 못하는 것은 다르다.

07

꼭 1등을 해야겠니?

: 편식과 운동 능력의 상관관계

공부를 잘하게 된
이유

    초등학교 6년을 통틀어 키 번호가 한 번도 4번을
넘어본 적이 없었으니 나는 분명 꼬꼬마였다. 월요일 아침 운동
장에서 조회를 할 때마다 맨 앞자리에 서서 교장 선생님의 "마지
막으로……"가 무한 반복되는 연설을 바른 자세로 들어야 하는
것은 키 작은 어린이에게는 가혹한 일이었다. 택시 운전을 하시
는 아버지를 위해 비가 오면 안 된다고 어머니께선 수없이 말씀
하셨지만, 일요일 밤이면 '내일 아침에는 비가 꼭 왔으면 좋겠다'
는 소원을 마음속으로 빌며 잠자리에 들었던 건 순종적이었던 나
의 작은 반항이기도 했다.

초등학교 시절 나는 공부를 꽤 잘하는 편에 속했다. 1등을 놓치지 않는 드라마 속 주인공은 아니었으나, 시험을 보면 가끔 1등도 하는 상위권 학생이었다. 딱히 공부를 좋아한 것은 아니었지만, 부모님과 선생님의 말씀을 잘 듣는 모범생이었다. 또 당시에 내가 할 수 있는 게 마땅히 없기도 했다.

나는 체육 시간과 운동회를 싫어했다. 또래 남자 아이들보다 체격이 훨씬 작았고, 체력도 뛰어나지 않았다. 축구를 할 때면 응원석에 앉아야 했고, 100미터 달리기와 오래달리기에서 꼴찌는 매번 내 몫이었다. 피구를 할 때는 즐거웠으나, 남학생인 내가 피구를 할 기회가 많지도 않았다.

어려서 친구들과 함께 즐길 수 있는 유일한 스포츠가 야구였는데, 이는 야구를 잘해서가 아니라 우리 집에 야구 배트와 글러브가 있었기 때문이다. 포지션도 주로 투수를 담당했는데 경기에 이기도록 빠른 공을 던지는 투수가 아니라 타자가 칠 수 있는 적당한 공을 던지는 투수가 필요했기 때문이다. 그러나 안타깝게도 체육 시간이나 운동회에서 야구를 할 기회는 없었고, 언제나 축구공을 바라보며 응원 점수라도 받아야 한다는 말에 의미를 부여했다.

운동 못하는 녀석이 남자 아이들 사이에서 존재감을 갖기는 힘들었다. 나는 어떤 식으로든 인정받고 싶었고, 그래서 시험 점수를 선택했던 것 같다. 생각해보면 공부를 접할 때 가장 중요한 것은 공부를 좋아하는 것인데, 나는 시험지에 그려지는 동그라미 개수에 더 큰 의미를 부여했고 자부심을 느꼈다. 공부 잘하는 학생으로 친구들 사이에서 존재감을 인정받은 것은 사실이나, 초등학교 학생들에게 사회를 가르치는 내가 학창 시절에 공부를 즐겨본 적이 없다는 부분은 아쉬움이 남는다.

현재 나는 174센티미터, 72킬로그램의 평균적인 몸을 가지고 있다. 아내는 내게 키가 조금 작은 편이고, 몸무게가 약간 많이 나간다고 이야기하지만, 나는 성공적인 몸을 물려받았다고 부모님께 감사한다.

나는 우리 집안에서 가장 크다. 단순히 가족 중에 가장 큰 사람이 아니라, 내가 한 번이라도 만난 적 있는 친척(김씨 성을 가진 사람) 중에 가장 크다. 아버지는 셋째 아들이셨지만 할아버지, 할머니를 모셨기에 명절이 되면 우리 집으로 친척들이 모두 모였다. 명절이 되어 친척들이 모이면 작은어머니께서는 내가 일어설 때마다 "경섭이가 일어서니까 진짜 거인 같네. 앉아라. 형광등 가려 어둡다"라는 농담을 하곤 하셨는데, 안타깝게도 친척 어른들은 작은어머니의 농담에 진심으로 호응하셨다.

네 엄마가
먹여서

언제나 꼬맹이였던 초등학교 시절을 끝내고 중학교에 진학하면서 결은 다르지만 난 고진감래苦盡甘來의 뜻을 알게 되었다. '성장통'을 처음 경험하게 되었고, 아픈 만큼 키가 큰다는 사실에 흥분했으며 조금 더 아프고 싶었지만 내가 원하는 만큼의 고통을 충분히 겪지는 못했다. 인생은 달콤한 게 좋다는데, 성장통은 오래 겪고 싶었다.

어쨌든 그 시절에는 크고 싶다는 욕구가 생겼고, 편식도 조금은 사라지게 되었다. 지금도 음식을 많이 가리는 편이지만, 꼬꼬마 시절에는 먹을 수 있는 음식보다 먹지 못하는 음식이 더 많았다.

편식은 편견의 일종이 아닐까? 사람들에게 알레르기를 일으키는 음식도 있지만, 내 경우에는 특별한 알레르기 증상보다는, 먹기 싫은 음식을 먹을 때 체하는 것이 더 큰 문제였다. 낯선 음식과 향이 강한 음식, 시각적으로 징그럽게 느껴지는 음식(지극히 주관적인 개념이다)을 접하면 나는 무조건 얼굴부터 찌푸렸고, 부모님의 강요로 음식을 먹으면 체하거나 토하는 경우가 종종 있었다.

그 시절에 내가 먹지 못하는 음식은 상당히 많았는데 몇 가지 꼽아보자면 곱창, 선지, 내장부터 낙지와 문어처럼 물컹거리는 해산물과 회, 가지와 고사리 같은 채소, 그리고 순대와 냉면까지 다양했다.

음식을 가리지 않는 처가의 영향을 받은 아내는 나와 다르게 못 먹는 음식이 없었는데, 처가에서 가장 작은 사람이 아내인 것을 고려하면 키 크는 데는 유전적 요인만큼이나 후천적 영양 섭취가 중요한 것이 분명하다(결혼식장에서 신랑 측 하객과 신부 측 하객을 구분하는 것은 어렵지 않았다. 평균 신장이 10센티미터 이상 차이가 났기 때문이다. 이는 결혼식에 참석한 많은 사람에게 또 다른 재미를 제공했다). 결혼 전 아내를 만나 데이트를 하면서 낙지와 냉면, 순대는 그럭저럭 먹게 되었으나 다른 음식들은 여전히 내게 극복하기 힘든 난제로 남아 있다.

서율이는 분유를 먹을 때부터 식성이 좋은 편이었기에 입이 짧을까 걱정을 하지는 않았으나 '나를 닮아 편식을 하면 어떡하지?'라는 걱정은 했다.

아버지도 어머니와 결혼한 이후에도 상당한 기간 편식을 하셨다고 한다. 아버지께 편식을 극복하게 된 계기를 여쭤본 적이 있었는데, 대답은 "네 엄마가 먹여서"였다.

아빠의 편식 극복 방법이 나에게는 효과적이지 못했는데, 생각해보면 남편과 달리 아들에게는 관대하셨던 것 같다(부모님이 설악산을 등반하셨을 때, 다리에 쥐가 난 아버지에게 어머니는 진통제를 쥐어주시며 대청봉까지 끌고 가셨다고 하니 확실히 남편에게는 강한 아내셨다). 생각해보니, 어머니가 내게 관대하셨던 것이 아니라 아버지와 내 마음가짐이 달랐다. 나도 아내를 만나 낙지와 냉면, 순대를 먹지 않았는가?

다행히 서율이는 엄마의 입맛을 물려받아 딱히 가리는 음식은 없는데, 처음부터 그랬던 것은 아니었다. 서율이가 먹기 싫어하는 음식은 기가 막힐 정도로 나와 일치했는데, 아내가 숟가락에 담아 입에 넣으려고 할 때마다, 얄밉게도 "아빠도 안 먹잖아!"라며 나를 당황스럽게 만들었다. 그럴 때면 아내는 지금 당장 입에 넣으라는 신호를 보냈다.

나를 빤히 쳐다보는 서율이의 따가운 눈빛을 대하면 나는 언제나 환하게 웃으면서 음식을 한 숟갈 가득 떠서 입에 넣고 꼭꼭 씹어 먹은 후 서율이에게 "와~ 맛있는걸~"하며 입을 크게 벌리고 아빠가 맛있게 먹었음을 보여주었다. 나는 카메라 앞에 서지만 연기자는 아니기에, 음식을 먹는 내 표정은 엉망이었고, 아들은 내가 분명 좋아하지 않는다는 것을 알면서 상황을 즐기고 있었다. 그리고 내 얼굴이 망가지는 만큼 서율이도 오만 가지 인상을 쓴 채 입을 벌리고 아내가 준비한 음식을 입에 넣었다.

아빠와 아들이 싫어하는 음식을 먹을 때마다 우리 가족의 식사 시간은 엿가락처럼 늘어났지만, 차갑게 식어버린 국을 앞에 두고도 화를 내거나 큰소리를 내지는 않았다. 오히려 너무 크게 웃느라 옆집 눈치를 살피는 경우가 다반사였다.

서율이가 커가면서 나는 먹지 못했던 음식들을 대부분 맛보게 되었고, 억지로 음식을 먹더라도 더 이상 토하거나 체하지는 않았다. 잘못된 고정관념과 편견을 없애는 것이 행복한 사회를 만드는 첫걸음이라 강의했던 것처럼, 편견을 없애고 다양한 음식을 함께 먹는 것이 행복한 가정을 만드는 일임을 알게 되었기 때문이다.

　물론 그렇다고 이제 내가 편식을 하지 않는 것은 아니다. 나는 여전히 편식을 한다. 아직도 나는 싫어하는 음식이 많은데, 다행스럽게도 서율이는 내게 더 이상 그것들을 먹으라고 강요하지 않는다. 누군가에게 싫어하는 것을 강요하는 것이 옳지 않다는 것을 알고 있기 때문이다. 내가 서율이에게 강요하지 않듯이 서율이도 나에게 억지로 강요하지 않는다.

　작년 여름에 전주 부모님과 군산 선유도의 횟집에 갔을 때, 우리 일행은 물회와 생선회, 매운탕 그리고 어린이 돈까스 2인분을 주문해서 맛있게 먹어치웠다.

예정에 없던
3개월 지옥 훈련

　　　　　중학교 시절 신체적 성장을 경험했지만, 그렇다고 체육 시간과 운동회를 즐기게 된 것은 아니었다. 어떤 분야에서 1퍼센트의 사람이 되기 위해서는 개인의 노력만으로는 불가능하다. 타고난 재능이 반드시 있어야 한다. 그러나 범위를 넓혀서 상위 10퍼센트를 생각하면 개인의 노력에 따라 성과를 얻을 수 있다고 본다. '1만 시간의 법칙'이란 게 있듯이 재능이 부족하더라도 투자한 노력의 크기만큼 달성할 수 있는 것이다.

그러나 나는 재능도 없었고 노력도 없었다. 초등학교 시절 덩치가 너무 작다는 생각에 체육 수업을 즐기지 못했고, 운동회에도 적극적으로 참여하지 않았던 나는 중학생이 되어서도 여전히 운동 신경이 없는 남학생이었다. 무엇보다도 익숙하지 않은 것에 도전하려는 의지가 없었다. 나는 원래 운동을 못 하는 사람이었고, 앞으로도 꾸준히 운동을 못 할 사람이었다. 실제로도 서른이 넘을 때까지 운동을 못 하는 사람으로 살았다.

서율이가 유치원에 입학하고 얼마 지나지 않았을 때, 아내에게 곤혹스러운 이야기를 들었다.

"여름에 유치원에서 운동회를 하는데, 오빠가 계주 대표가 됐어. 서율이가 손을 들었다고 하네. 할 수 있지?"

형식은 질문이었지만 실상은 통보였다. 나는 100미터 정도를 뛰어야 한다는 이야기를 들었고, '내가 100미터를 뛰어본 적인 언제였던가?' 하는 고민과 '고등학교 체력장에서 꼴지를 했지……'라는 기억을 떠올렸다.

"서율이가 손을 든 거래~"라며 웃는 아내의 표정에서 이미 내가 어쩔 수 없는 상황까지 일이 진행되었음을 직감할 수 있었다.

　그날 저녁, 서율이는 내게 "아빠 1등 할 거지?"라고 말했고, 나는 1등을 하겠다는 대답보다 계주가 무엇인지를 설명하는 데 더 많은 시간을 할애해야 했다. 그나마 100미터 달리기가 아니어서 다행이었다. 운동에 소질이 없다는 것을 알고 있는 아내는 내게 어떻게 할 것인지 물었고, 나는 준비를 하겠다고 대답했다. 아직 세 달 정도 여유가 있었고, 운동을 전혀 몰랐던 나는 '3개월이면 달리기가 늘겠지'라는 희망적인 예측을 했다.

　다음 날, 집 앞에 있는 덕정초등학교 운동장을 한 바퀴 뛰고 나서 나는 곧바로 좌절했다. 한 200미터 달린 것 같은데, 두 다리가 후들거렸고 속이 메스꺼웠다. 무엇보다, 달리는 속도가 매우 느렸다. 하긴, 30년 넘게 걷기만 했지 제대로 뛰어본 적이 없는 두 다리에게 너무 미안한 테스트였다. 운동장을 뛰려던 계획은 접었다. 아직 공기가 찼고(촬영을 해야 하기에 나는 감기에 무척 예민하다), 생각보다 너무 힘이 들었으며, 사람들 앞에서 뛰는 것이 부끄러웠다.

　이쯤 되면 누구나 기초 체력이 부족하다는 생각을 떠올릴 것이다. 나는 아파트 단지에 있는 헬스장을 생각했다. 평생 한 번도 가보지 않았던 헬스장에 첫발을 내딛은 순간, 난 너무나 실망했다. TV에서 보던 헬스장과는 너무 달랐다. 찜질방에서 본 헬스장과 비교해도 러닝머신만 몇 대 더 있었을 뿐, 그 이상은 아니었고 이하는 될 수도 있었다.

게다가 나는 서율이를 유치원 차에 태워 보낸 후 오전 10시쯤 헬스장을 이용했는데, 그 시간에는 이용하는 사람조차 없어 을씨년스럽다는 표현이 적당했다. 생각해보면 사람이 없었기에 편하게 이것저것 해볼 수 있었고, 기구가 거의 없었기에 꾸준히 러닝머신만 뛸 수 있었고, 덤벨 운동을 할 수 있었다. 난 역시 운이 좋은 사람이었다.

헬스장 한쪽 벽에 붙어 있는 '운동하는 방법'을 보면서 몇 가지 동작을 따라 했으나, 그것조차 버겁게 느껴졌다. 무언가를 배울 때 나는 먼저 책을 읽고 배우는 것을 좋아하지만, 헬스장에 그런 책이 있을 리가 없었다. 나는 휴대폰을 꺼내 검색을 했다. 검색 결과 꾸준한 유산소 운동이 선행되어야 한다는 사실을 알았다.

예전에 어머니께서 당뇨병 진단을 처음 받으셨을 때, 매일 저녁 상당한 거리를 걸으시던 모습이 떠올랐다. 아이러니하게도 내가 기억하는 어머니의 가장 건강한 모습은 당뇨병 진단을 받은 후 6개월 정도가 지난 시기였다. 할머니와 외할아버지가 당뇨병 합병증으로 고생하셨던 모습을 지켜보셨던 어머니는 정말 하루도 빼먹지 않고 저녁을 드신 후 걸으셨는데, 6개월 정도가 지나자 살도 많이 빠지고 건강해지셨다. 무엇보다도 어머니는 밝고 예뻐지셨다. 함께 걷자는 어머니의 부탁을 듣고도 매번 핑계를 대며 모른 척했던 지난날을 반성한다.

헬스장에 간 첫날, 러닝머신을 걸었다. 뛸 수가 없었다. 도저히 뛸 능력이 되지 않았다. 시속 5킬로미터 속도로 10킬로미터를 걷고 집으로 돌아가 샤워를 하자마자 침대에 누웠다. 잠이 오지 않았으나, 일어날 수도 없었다.

일주일을 쉬지 않고 걸었고, 그다음 주에도 하루도 빠짐없이 걸었다. 나는 촬영이 끝나고 집에 오면 소파에 앉아 내 시간이라며 맥주 한 캔을 마시고 핸드폰 게임을 즐겼는데, 운동을 하면서 이걸 끊었다. 강력한 나의 의지! …… 이런 건 아니었다. 아침에 10킬로미터를 걷고 촬영을 마친 뒤 집에 돌아와 샤워를 하고 누웠을 때 느껴지는 눈꺼풀의 무게를 버티지 못했을 뿐이다.

가끔 '학교 다닐 때 왜 1등을 못 했을까?'라는 생각을 했다. 머리가 나쁜 것도 아니고, 노력도 어느 정도 했다고 자부하는데, 1등을 해본 적은 거의 없었다. 왜 그럴까?

사실, 나는 답을 알고 있었다. '어느 정도까지만' 노력을 했기 때문이다. 기분에 따라, 컨디션을 핑계 삼아 나는 '적당히' 노력을 했다. 꾸준함이 부족했다.

나이가 들어감에 따라 천부적인 재능보다 꾸준함이 삶에 도움이 된다는 것을 피부로 느낀다. 난 어차피 1퍼센트의 무언가가 되지는 못했다. 앞으로도 그럴 것이다. 흔히 말하는 '상위 10퍼센트'에라도 속할 수 있다면 대만족이다. 그러기 위해 나에게 가장 필요한 건 꾸준함이었다. 헬스장의 러닝머신 위를 걸으며 난 꾸준함에 대해 매일 생각했다.

이어달리기의 추억

그렇게 세 달이 지났다. 그 사이 나는 일주일에 5일씩 시속 6킬로미터 속도로 10킬로미터를 걸었으며, 가벼운 덤벨을 들었고, 식단을 조절했다. 술은 마시지 않았고 술이 생각나면 대신 우유를 마셨다. 가끔 달리기를 잘하기 위한 책도 읽었는데,

정확히 기억나지 않지만 '오른발을 떼기 전에 왼발을 앞으로 뻗어 달리고, 왼발이 떨어지기 전에 오른발을 뻗어 앞으로 달려라'라는 문구는 몇 번을 읽어도 이해하지 못했다.

3개월을 꾸준히 걷고 나서 '좀 뛰어볼까?'라는 생각으로 며칠을 달려보기도 했으나, 무릎이 아파 뛰는 것은 포기했다. 몸에 커다란 변화가 생길 것을 기대했으나, 큰 차이가 있지는 않았다. 촬영 PD에게 달라진 것 같냐고 물어보면 예전보다 배가 조금 들어갔고 살이 빠진 것 같다며, 조금 괜찮아진 것 같다는 영혼 없는 대답을 들을 수 있었다.

운동회 날 아침, 서율이는 여느 때보다 일찍 일어났다. 어젯밤에 혹여 내일 비가 올까 걱정하며 밤잠을 설쳤던 녀석이었는데, 아침에 일어나는 시간은 오히려 빨랐다. 아주 오래전에는 어머니 몰래 비가 오기를 바랐고, 어제는 아들 몰래 비가 오기를 바랐건만 아쉬울 때만 신을 찾는 내 바람을 역시 들어주지는 않으셨다. 기도도 꾸준해야 하는 건데.

아침 일찍 도시락을 싸는 아내 옆에서 김밥을 집어 먹으며 서율이는 내게 들뜬 목소리로 운동회 일정을 브리핑했다. 자신이 속한 청팀이 반드시 승리할 것이라 장담하며 운동회의 일정표를

읽던 아들은 학부모 계주 순서가 되자 나를 쳐다보며 "나는 여섯 명이 뛰는 달리기에서 1등 할 테니까, 아빠는 계주에서 꼭 이겨야 해! 계주는 두 명씩 뛰니까 한 명만 이기면 될 거야. 알겠지?"라며 나를 격려했다. 평상시라면 절대로 들을 수 없었던 "아빠가 세상에서 제일 좋아"라는 말과 함께. 아쉽게도 "계주에서 우승하면"이란 단서가 붙었지만.

운동회에서 서율이는 정말로 달리기 1등을 했고, 마지막으로 학부모 계주가 시작되었다. 아내는 내게 넘어지지만 않으면 된다고 말했으나, 잘 뛰려면 좋은 운동화가 필요하다며 어제 새 운동화까지 사주었다.

아이들의 엄청난 응원과 함께 계주가 시작되었고, 다행스럽게도 내 차례가 되기 전에 상대편 어머니께서 넘어져주셨다. 내 달리기 실력과 상관없이 승부는 이미 기울어졌고, 나는 열심히 달렸으며 우리 팀은 우승했다.

서율이는 자기는 아빠를 닮아서 달리기를 잘한다고 친구들에게 자랑을 했다. 지금도 서율이는 아빠가 달리기를 잘한다고 말한다. 그리고 '그 아빠'는 예전보다 조금 빨라졌다.

08

새해 복 많이 받으세요

: 나이를 한 살 더 먹는다는 것

아빠는 이제
늙었네

　　인터넷 강의를 하다 보면 나이를 잊고 살 때가 참
많다. 상사와 후임의 경계가 명확해도 맡은 과제를 함께 해결하
며 웃어주는 선배와 후배가 있고, 누군가를 술안주 삼아 술잔을
기울여줄 동료가 있는 직장과 달리, 이 세계에 발을 내딛은 순간
부터 10여 년이 지난 지금까지 나는 언제나 프리랜서였다.

　　처음 카메라 앞에 서서 떨림과 두근거림을 주체하지 못해 연
신 NG를 내며 PD에게 죄송하다는 말만 반복하다 접었던 첫 촬
영부터, 아침에 면도하러 거울을 보는 것만큼 카메라 보는 것이
익숙해진 지금까지도 각자의 스튜디오에서 촬영을 하는 이들은

모두 'OO쌤'으로 호칭이 통일되어 있다. 그들은 적당한 관계를 유지하는 사람들일 뿐 나에게 선배나 후배 그리고 동료가 되지는 못했다.

인터넷 강사들은 학생들에게 웃어주는 것만큼 서로에게 웃어줄 수가 없었다. 냉랭했고 경쟁적이었다. 현실적으로 자본주의적 관점에서 접근하자면 아이들에게 교육을 한다 자부하지만, 우리는 각자 개인 기업이었다. 예쁘게 포장한 자기 강의가 학부모와 학생들의 선택을 받아 재고로 쌓이지 않기를 바라는 경제활동의 생산자였다.

안타깝게도 같은 사이트에서 강의를 진행하는 선생님들조차 경쟁 기업이다. 겉으로는 함께 파이를 키우자 말하지만, 실상은 자기 접시에 파이를 조금 더 많이 담기 위해 눈치 게임을 하는 경쟁자인 것이다. 물론 사람에 따라서는 그 안에서도 얼마든지 폭넓은 교류를 할 수 있겠지만, 학창 시절에도 소수 정예의 인간관계를 고집했던 내가 직장에서 만나 경쟁자라 불리는 이들과 동료가 되기는 어려웠다. 나는 남보다 좁은 진자의 폭을 가진 사람이었고, 생각보다 까다로운 사람이었으며, 무엇보다 포커페이스가 되지 않는 사람이었다.

다행히 언제나 운이 좋았던 나는 10여 년의 시간 동안 (나이가 아니라 관계를 고려할 때) 친구라 할 만한 두 명의 선생님을 얻었는데, 사회 과목을 맡아 경쟁하는 선생님이 아니라 '수학쌤'과 '과학쌤'인 것을 보면, 난 역시 틀을 벗어나는 훌륭한 인격체는 아닌 것 같다. 훌륭한 인격체는 욕심이라 생각했기에 아쉬움도 없으나, 평균 이하는 되지 말자 생각한다.

나는 학생들에게 '외모지상주의'에 대한 수업을 할 때가 있다. 그럴 때면 사람을 평가하는 기준은 외모가 아닌 그 사람의 됨됨이가 되어야 한다는 모범 답안을 강의하는데, 수업이 끝날 때쯤 매번 아이들에게 똑같은 질문을 한다.

"왜 누군가를 평가해야 할까?"

그리고 부탁한다.

"우리 똑사패(나는 내 수업을 들어주는 아이들에게 '똑똑한 사회 패밀리'라는 애칭을 붙여주었는데 이를 줄여 '똑사패'라 불렀다)는 다른 사람을 평가하지 말고, 존중해주면 좋겠어요."

외모지상주의가 현대사회의 다양한 문제점 중 하나로 교과서에 언급되는 걸 보면, 확실히 우리 사회는 '외모'의 영향을 받는 것 같다. 인터넷 강사가 연예인은 아니지만, 그들에게 외모는 연예인만큼이나 자신을 어필하는 매력임을 부정할 수는 없다. 학생들에겐 '잘 가르치는' 선생님보다 '잘생긴' 선생님이 더욱 효과적임을 나는 그간의 경험을 통해 충분히 알고 있다. 경쟁력을 갖춘 인터넷 강사들의 외모를 살펴보면 동년배보다 대중적으로 매력적이라는 것을 누구나 느낄 것이다.

내 친구라 불리는 두 명의 선생님들도 지극히 예쁘고 동안이다. 물론 인터넷 강의를 하는 모든 선생님의 외모가 뛰어난 것은 아니며, 외모가 뛰어나다고 해서 실력이 부족하다는 것은 더욱 아니다. 다만 안타깝게도, 인터넷을 검색해보면 바로 밝혀지겠지만, 나는 못생기진 않았으나, '굳이' 구분하자면, 잘생긴 쪽보다는 잘 가르치는 쪽에 가깝기에, 살짝 아쉬움이 남는다(내게도 잘생긴 편이라 칭찬해주는 학생들이…… 아주 간혹 있다). 조금만 얼굴이 작고 살짝 키가 컸다면.

내가 소통하는 이들의 8할은 꿈을 꾸는 아이들이다. 직접 만나 눈을 맞추고 손을 잡아주지는 못하지만, 게시판에서 나는 아이들의 속삭임에 귀를 기울인다. 아이들의 이야기는 어른들의 그것과는 사뭇 다르다. 어른들은 더 이상 꿈을 꾸지도, 자신의 꿈을 누군가에게 알려주지도 다른 이의 꿈에 대해 묻지도 않지만, 아이들은 게시판 가득 자신들의 꿈을 적어 놓는다. 어른들은 한결같이 현재를 이야기하지만, 아이들은 언제나 미래를 말한다. 내게 "선생님은 꿈이 뭐예요?"라고 질문을 던져주는 녀석들 덕분에 나는 여전히 꿈을 꾸는 어른이 될 수 있었다.

학생들과의 소통을 제외하면 강의를 촬영해주는 PD님들이 내가 가진 인간관계의 대부분을 차지했는데 그들은 20대의 뜨거운 심장을 가진 열정 넘치는 청년들이다. 이러니 나는 평소에 나이가 든다는 것을 전혀 느낄 수가 없다. 가끔 거울 속에 비친 내 모습에서 흰머리를 발견할 때도 있지만, 염색하고 조명 아래 BB크림을 바른 채 수업하는 모습을 모니터링하면 카메라에 담겨 있는 모습이 진짜 내 모습이란 거짓에 안도했다.

인터넷 강의를 하는 10년 동안 나는 늙지 않았다. 그러나, 이런 나도 나이가 든다는 것에 대해 진중하게 고민하는 순간이 있다. 바로 12월 31일의 밤이다. 이 순간만은 '아, 한 살 먹는구나'라는 사실을 부정할 수가 없다. 내 나이가 정확히 몇 살인지를 계산하며 보내고 싶지 않아서, 남은 인생의 가장 어린 오늘 하루를 붙잡아보지만, '해피 뉴 이어!'라는 인사말로 또 한 살, 젊음에 작별을 고한다.

'나이를 먹는다'라는 말에 두려움을 느낀 게 언제였을까? 서율이는 나이를 먹는 순간을 즐기는 게 확실하다. 내겐 인생의 덧없음과 미래의 불확실성에 대한 두려움을 각인시키는 종소리인데, 그걸 듣겠다고 졸린 눈을 비비며 엄마의 팔에 반쯤 기대어 "아직 멀었어?"라고 말하는 녀석은, "한 살 더 먹는 게 그렇게 좋아?"라는 내 질문에 "아빠는 이제 늙었네"라고 딴청을 부린다.

만약은
소용없다

생각해보면 나도 서율이처럼 나이 먹는 것이 즐거웠던 시절이 있다. 인생의 절친이라 부르며 10대 시절을 함께 보낸 두 친구 녀석과 고등학교를 졸업하던 해에 처음으로 보신각에서 종소리를 들었다. 학창 시절, 작은 사고조차 한 번 치지 않았던 모범생들이었기에 보신각 나들이는 상당한 모험이었다. 폭죽 터지는 소리와 음악 소리, 사람들의 흥겨움과 비명이 어우러져 엄청난 장관을 이루었으나 나에게는 난장판이었다.

"쉿, 지금 종 친다. 소원 빌어."

셋 중 리더 역할을 했던 승원이(다른 한 친구는 비주얼을 담당했던 건우였다)의 말에 우리는 가만히 눈을 감고 소원을 빌었다. 그때

빌었던 소원이 무엇인지는 당연히 기억나지 않으나, 그 시간 속에서 나는 진정으로 새롭게 시작되는 나의 내일을 즐겼다.

타종 행사가 끝나고 우리 셋은 수다를 떨며 집까지 걸었다. 버스가 다니지 않았고, 택시비를 아껴 당구를 치자는 누군가의 제안에, 정말 좋은 생각이라 서로 맞장구를 치며 네다섯 시간을 걸었다.

그날 우린 당구를 치진 않았다. 자주 가던 당구장은 이미 문을 닫았고, 새해 인사를 드리자는 누군가의 말에 서로의 집을 찾아가 주무시는 부모님을 깨워 세배를 드렸다. 그러고 나서 명지대학교 운동장에서 오전 내내 농구를 했다. 이후 매년 12월 31일이 되면 우린 종로에서 만나 종소리를 들은 후 함께 술을 마시며 우리에게 시작된 낯선 1년을 축하했다.

내가 '늙었다' 생각한 건, 서른 살 되던 해 피맛골의 한 술집에서였다. 10년 동안 의식처럼 해왔던 송년 모임이었지만, 우리는 인정했다. 그만할 때가 되었다고. 가정이 생긴 녀석도 있었고, 여자친구와 단둘이 보내고 싶다던 로맨틱 가이도 있었지만, 난 몸이 피곤했다. 더 이상 밤을 새는 일은 무리라 느껴졌다. 이후 우리는 각자 바쁜 30대의 생활 속에, 사는 곳이 멀어졌다는 핑계를 위안 삼아 몇 년에 한 번 보는 사이가 되었다. 그리고 난, 12월 31일을 더 이상 즐기지 못했다.

"아빠 이제 늙었네"라고 말하는 서율이는 나이를 먹어도 늙지 않는다. 서율이는 어른이 되는 것이 아니라 유치원에서 형이 된다. 서율이는 성장한다. 서율이는 딱 그런 나이다.

아이와 가까워진다는 것은 젊은 시절 여인을 만나 사랑에 빠지는 것과 무척이나 닮았다. '이성적 판단'이 제 역할을 담당하지 못한다. 그렇다고 내가 과거에 만났던 여인들을 탓하거나 그 시간을 후회하는 것은 아니다. 모든 순간은 내 의지였고 내 선택이었다.

최근에, 쓸데없는 생각을 해보았다.

'만약, 그 사람들을 지금 다시 만난다면 나는 사랑에 빠질 수 있을까?(당연히 미혼이라 가정하자)'

정말 쓸데없는 생각이었다. 답을 구하는 데 1초의 망설임도 없었다. "No"다. 서로가 사랑하지 않을 것이다. 누군가를 탓하는 것이 아니라 젊지 않음을 인정하는 것이고, 사람은 누구나 변한다는 사실을 증명하는 것이다. 많이 달랐던 사람들이고, 서로 다른 줄 알면서도 사랑에 빠졌던 건 이성적 판단이 제 역할을 하지 못해서였다. 사람들이 헤어지는 이유는, 서로 다름을 모르기 때문이 아니라 서로의 다름에 대해 더 이상 관대하지 않기 때문이다. 나는 그걸 '현명함'이라 부르기도 한다.

'만약'은 아무 소용없는 일이다. 역사를 수업할 때면 나는 만약을 생각하며 존재하지 않는 허구에 집착하는 것보다 과거를 통해 현재를 반성하고 미래를 바꾸는 것이 중요하다 가르친다. 내게 중요한 건 아내 송수미 씨와 아들 김서율 군이다.

말썽꾸러기
1년 쿠폰

서율이와 가까워지는 일에는 다름이 중요하지 않았고 이성적 판단이 작동하지 않았다. 상당한 시간이 지난 후에 깨달은 바, 그것은 100퍼센트 감정적으로 다가서는 과정이었다.

다섯 살 서율이는 여느 또래 아이들처럼 충분히 착한 아들이었고, 장난꾸러기였다. 장난꾸러기가 된 이유가 네 살에서 다섯 살이 되었기 때문인지, 아니면 나와 심하게 장난을 칠 만큼 가까워졌기 때문인지는 모르겠으나, 다섯 살이 된 서율이는 1년 동안 정말 많이, 그리고 끊임없이 자질구레한 사고를 일으켰다.

거실에서 타는 실내용 어린이 자동차를 타고 뻔히 알고 있는 집안 구석구석을 탐험하면서 수많은 스크래치를 만들었고(전세를 살았던 나는 이사하면서 원상 복구 비용을 부담해야 했다), 사용할 줄 모르는 전자기기를 겁도 없이 작동시켰으며(덕분에 나는 AS센터 직원과 인사를 나누는 사이가 되었다), 집 안을 독특한 현대 미술의 세계로 꾸며놓았고(내게 전혀 없는 예술가의 재능을 아내에게 물려받은 것인가?), 돌아서면 물건을 잃어버렸으며(다섯 살짜리에게 건망증이?), 좁은 거실에서도 축구가 가능하다는 아트사커의 진수를 보여주었다. 때로는 자신의 신체가 얼마나 견고한지를 어떤 사물과의 직접 충돌 실험을 통해 알아보곤 했는데, 병원 응급실에 아이를 안고 뛰어가 바늘로 꿰매야 했던 순간을 떠올리면 정말 현기증이 날 만큼 아찔하다.

서율이가 새해 첫날을 늘 완벽하게 즐긴 것은 아니다. 다섯 살에서 여섯 살로 넘어가는 12월 31일 밤, TV에서 흘러나오는 보신각 종소리에 맞춰 우리 가족은 케이크에 불을 붙이고 숨을 크게 들이킨 다음 후~ 하고 촛불을 껐다. 나는 서율이에게 "오, 아들! 이제 여섯 살이네? 축하해!"라고 말했다.

그런데 서율이의 표정이 마냥 밝지는 않았다. 아이들의 표

정 변화는 미세하지 않아서 조금만 자세히 관찰하면 쉽게 느낄
수 있는데, 서율이는 줄이 긴 화장실 앞에 선 아이처럼 불편해 보
였다.

"서율아, 왜 그래? 여섯 살 되는 거 안 좋아?"라고 묻자 서율
이는 대답했다.

"아빠, 나 그럼 이제 착한 아들 해야 해?"

1초쯤 지난 뒤, 나와 아내는 동시에 박장대소했다. 서율이의
불안한 표정을 그제야 이해할 수 있었다.

지난 1년 동안 나는 서율이가 사고를 칠 때마다 화를 내기보
다는 설득하고 타일렀다. 그럴 때면 늘 "아들! 나중에 한 살 더 먹

으면 안 그럴 거지? 그땐 이러면 안 돼~"라고 말해주었는데, 서율이에게는 그 말이 깊이 각인되었나 보다. 여섯 살이 되면 장난꾸러기, 말썽꾸러기가 되지 않겠다는 그간의 약속들이 서율이의 미래를 두려움으로 바꿔놓은 것이다.

12월 31일이 지나 1월 1일, 이제 정말 여섯 살이 되었으니 앞으로는 장난이나 말썽을 못 부리고 착한 아이가 되어야 한다는 사실이 서율이에게 얼마나 아쉽고 두려운 일이었을까. 나와 아내는 세상 무너진 듯한 표정을 짓는 아이를 앞에 두고 얼마나 웃었는지 모른다. 그러고는 해결책을 원하는 아들에게 손을 내밀었다.

"서율아, 자고 일어나서 아침에 명지대와 전주 할아버지, 할머니께 큰 소리로 '새해 복 많이 받으세요~'라고 전화로 인사드리면 아빠가 말썽꾸러기 1년 쿠폰 줄게!"

서율이는 지금도 창의적으로 사고를 친다. 방금은 서커스 연습을 하듯 의자에 매달리다 떨어졌다.

"너 언제 착한 어린이 될 거야?"

"아빠, 기억 안 나? '새해 복 많이 받으세요~' 했잖아!"

09

아버지는 치킨이 싫다고 하셨어

: 거짓말을 감당하는 저마다의 방식

유복한 아이의
가난했던 기억

　　연애 시절, 나와 아내는 서로가 살아온 삶에 대해
많은 부분을 공유하고자 노력했다. 서로를 알아야 이해할 수 있
다는 주변 지인들의 조언이 있었고, 그간의 연애를 통해 내가 아
닌 다른 이와 함께 생활한다는 것은 상대방의 단점을 고쳐서 살
아가는 것이 아니라 그 단점에 내가 맞출 수 있느냐의 문제라는
것을 깨달았기 때문이다.

　연애 초기, 함께 술자리를 할 때마다 나는 아내의 이야기에 귀
를 기울였고, 아내는 내가 살아온 이야기를 알고 싶어했다. 그때
는 우리가 살아가는 하루하루의 시간 속 아내와 나의 삶에 대해

참 많은 이야기를 나눴는데, 지금은 앞으로 살아야 할 삶의 목표에만 대화의 포커스가 맞춰져 아쉬울 때가 많다.

우리는 인생의 스토리가 아닌, 결승점에 집착하는 것이 아닐까? 함께 서율이를 키우며 가화만사성家和萬事成의 의미를 깨닫는다 말하지만, 터벅터벅 걸어가는 서로의 발자국 소리를 들으며, 천천히 걷더라도 발맞추어 걷고 싶다는 생각을 한다.

연애 시절, 나는 아내에게 가난한 어린 시절을 경험했다 말했다. 결혼 후에도 몇 차례 아내에게 내 어린 시절이 유복하지 못하다 말하곤 했는데, 아내와 부모님의 대화 속에서 이는 사실이 아닌 내 거짓말로 밝혀졌다. 아버지는 내가 현명하길 기대하셨으나, 그 시절 나는 현명하지 못했고 어렸기에 감당하지 못한 부분이 있었다.

할아버지, 할머니를 모시고 살았던 우리 집은 내가 태어나기 전부터 서울에 집 한 채를 소유하고 있었다. 지금도 그렇지만, 1980~1990년대에도 집을 소유하고 있다는 건 부유함의 표식이었다. 내가 살았던 집에는 마당에 작은 화장실이 하나 더 있었는데, 지금까지 살면서 화장실이 두 개 미만인 집에서 살아본 적이 없다고 하면 다들 "우와~ 금수저네"라고 말한다. 그러나 마당에 있었던 화장실은 오래된 절에 가야 볼 수 있는 전혀 현대화되지 못한 장소였다. 그곳을 이용했던 사람은 배가 아픈 걸 참지 못하는 아빠와 나, 둘뿐이었다.

그 시절에 나는 유치원을 졸업했다. 유치원을 다니는 게 특별한 경험이라는 것을 결혼 후에야 처음 알았다. 우리 부부와 재성이가 함께 만난 술자리에서 우연히 내가 유치원을 다녔다는 이야기가 나왔고, 아내는 유치원은 부자들만 다니는 거 아니었냐며 자기는 유치원을 다니지 못했다고 했다. 재성이 역시 유치원을 나오지 못했다며 내가 부유한 환경에서 성장했다 결론지었다.

초등학교(당시에는 '국민학교'라 불렀다)를 다니던 꼬꼬마 시절, 내가 친구들과 야구를 할 수 있었던 것도 집에 야구 장비가 있었던 덕분이다. 축구를 하던 아이들은 체격이 작았던 나를 끼워주려 하지 않았으나, 야구 배트와 글러브가 있었던 나는 야구를 하려는 아이들에게 섭외 1순위였다.

나와 동생이 학교를 졸업하던 날이면 우리 가족은 경양식 집에서 함박스테이크를 먹었는데, 이 얘기를 들은 아내와 재성이에게 "부자 맞구먼~!"이라는 핀잔을 들었다. 다들 중국집에서 자장면을 먹었다고 한다.

그 외에도 나는 초등학교 시절 16비트 컴퓨터가 있었고, 게임기를 가지고 있었으며, 자전거를 몇 번 교체했고, 소니와 파나소닉 카세트 라디오를 여러 개 가지고 있었다. 나는 전혀 가난하지 않았다. 그런데 왜 나는 스스로 가난하다 생각했을까? 정말, 왜 그랬을까?

아버지는 치킨이
싫다고 하셨어

이제는 식상한 노랫말인 '어머니는 자장면이 싫다고 하셨어'라는 가사 때문에 나는 GOD를 좋아하지 않았다. 사람들은 자기 마음과 겹치는 노래 가사를 들으면 그 노래를 좋아하게 된다는데, 나는 그렇지 않았다. 부끄럽다고 생각했고, 노래로 표현한다는 것이 얼마나 큰 용기인지 몰랐다. 다른 사람에게 내 이야기를 하는 것이 두려웠다. 내가 한 이야기가 언젠가는 내게 상처가 될 것이라 생각했다.

KFC가 처음 생겼을 때, 아버지는 종로에 가면 하얀 할아버지가 서 있는 치킨집이 생겼는데 무지 유명한 곳이라며 어머니와 나와 동생을 데리고 가셨다. 기름에 튀긴 뒤 신문지에 담아서 팔았던 시장 치킨집과 달리, 종로의 KFC 매장에 앉은 우리 가족은 TV 속에 들어간 것처럼 느껴졌고 아빠가 주문을 하러 간 사이 동생과 나는 쉴 새 없이 떠들었다.

주문대에 한참을 서 계셨다가 돌아오신 아버지는 하얀 바구니에 치킨 네 조각을 담아 오셨고, 나와 동생에게 두 조각씩 먹으라고 말씀하셨다. 그러고는 "아빠하고 엄마는 아까 밥 먹어서 배 안 고프니까 둘이 나눠 먹으면 되겠다", "식기 전에 먹어야 맛있다"라는 말을 덧붙이며 치킨을 손에 쥐어주셨다. 그러나 주문하러 가신 아버지를 기다리는 동안 "맛있겠지? 아빠랑 엄마도 밥 안 먹어서 배고픈데, 양이 많았으면 좋겠다"라고 하셨던 어머니의 말씀을 기억하고 있었다.

초등학생이었던 나와 동생은 처음 맡아보는 치킨 냄새에 이내 엄마의 말을 잊고 내 앞에 앉아계신 부모님의 존재도 잊을 만큼 정신없이 치킨을 뜯었다. 너무나 맛있었기에 식사시간은 채 10분이 되지 않았다. 더 먹고 싶다는 눈빛을 보내는 자식들에게, 엄마는 솔직히 말씀하셨다. 돈이 없다고. 나중에 돈 많이 벌면 또 사주겠다고.

내가 고등학생이었을 때, 아버지가 항상 끼시던 반지가 없는 것을 알게 되었다. 아버지는 평소에 반지를 애지중지 다루셨는데, 어느 날부터인가 아버지 손에서 반지가 보이지 않았다(결혼반지는 할머니가 돌아가시기 전 병원비를 충당하려고 파셨고, 이후에 여건이 좋아지면서 다시 구입한 반지였다). 상당히 꼼꼼한 편인 아버지는 사소한 것 하나 본인의 물건을 함부로 대하지 않으셨는데, 관찰력이 뛰어난 편이 아니었던 내가 알아챌 정도였으니 반지가 없는 아버지의 맨손은 당시 나에게 꽤 어색하게 보였다.

며칠을 살펴보다가 함께 목욕탕에 갔던 어느 날, 나는 아버지에게 물었다.

"아빠, 반지 어딨어?"

당황하며 나를 잠시 쳐다보시던 아버지는 "잃어버렸어"라고 말씀하셨으나, 아들에게만은 거짓말이 익숙하지 않았던 아버지이기에 나는 거짓말임을 알 수 있었다.

계속 쳐다보는 아들의 눈빛에 더 이상 숨길 수 없다 판단하셨는지, 아버지는 내게 부탁을 하셨다. "엄마하고 경미한테는 비밀로 하자"로 시작된 아버지의 구구절절한 사연은 어릴 적 KFC에 갔을 때와 별반 다르지 않았다.

결론은 돈이 없어서였다. 경미가 눈이 갑작스럽게 나빠져 안경을 맞춰야 했는데, 운이 좋지 않아 며칠 동안 제대로 손님을 태우지 못한 택시 운전사 아빠는 반지를 팔아야 했다. 엄마에게 "오늘은 장거리가 있었다"라는 말과 "경미 안경을 맞출 수 있다"라는 말을 건네셨다고 했다. 엄마가 이런 사정을 모를 리 없었겠지만 캐묻지 않으셨고, 동생은 안경을 맞췄다. 공식적으로 아빠는 반지를 잃어버리신 것이었다. 나와 엄마는 반지가 어디에 있는지 알고 있었다.

아버지가 살면서 거짓말을 안 하신 것은 아닐 것이다. 어머니에게 거짓말을 하시는 것도 몇 번은 봐서 알고 있으니까. 다만, 내가 어렸을 때부터 아빠는 내게 "우리 둘은 솔직히 이야기하자"라는 말씀을 자주 하셨고 아빠와 나는 성실히 실천했다.

어릴 적 나는 그 말에 속아 엄마에게는 종종 거짓말을 했으나, 아빠에게는 사실대로 이야기했다. 이후 엄마가 사실을 알게 되었을 때면 역시 엄마를 속일 수가 없다며 엄마의 신통한 능력을 두려워했다(나이를 먹으면서 엄마의 신통력보다는 아빠의 고자질이 문제였음을 알게 되었다). 내가 크면서 아빠는 내게 궁금하나 질문하지 않는 것이 많아지셨는데, 내가 거짓말하지 않을 거라 판단하셨기 때문일 거다.

적어도 나는
가난하지 않았다

나는 기억한다. 내가 유치원에 다니던 시절, 정확히 어떤 일인지는 모르겠는데, 어머니는 조각난 가죽을 천에 풀로 붙이는 일을 부업으로 하셨다. 가죽의 색이 손에 물들어 어머니의 손은 언제나 짙은 고동색이었고, 손끝은 풀 때문에 갈라져 항상 밴드를 붙이고 계셨다. 그렇게 어머니는 하루 종일 가죽을 붙여서 나를 유치원에 보내주셨고, 바늘 끝에 손을 찔려 피를 흘려가며 컴퓨터를 사주셨다. 야구 장비와 게임기, 몇 대의 자전거와 카세트 라디오도 분명 아버지의 반지처럼 두 분에게 소중한 어떤 것으로 충당해 내어주신 것이리라. 나는 그렇게 부모님에게 많은 것을 받아왔다.

부모님은 대학을 나오시지 못했고, 정직하셨다. 내가 아는 한, 많이 벌지 않으셨으나 거의 쓰지 않으셨다. '돈을 굴린다'라는 표현에 거부감을 나타내셨으며, 벌 수 있는 만큼 벌어 최대한 아끼고 남는 돈을 저축하는 것이 부자가 될 수 있는 유일한 방법이라 생각하셨다. 그 방법이 나쁜 것은 아니었으나, 자식에게 투자하는 것에는 인색하지 않으셨기에 결과적으로 두 분은 부자가 되지는 못했다.

가난이 부끄럽다 생각한 적은 없다. 그러나 불편하다 생각한 적은 많았다. 무엇보다도 나는 가난하지 않았다. 그런데 생각해보면, 나만 가난하지 않았다. 동생 경미는 어떻게 생각했는지 모르지만, 분명 나는 가난하지 않았다. 다만 내 부유했던 삶이 부모님의 몫에서 많은 부분을 내게 덜어주셨기 때문이라는 것을 알고 있었고 비겁하게도 나는 더 많은 부분을 내어달라 말씀드렸다. 부모님은 가난하게 사셨고, 나는 부모님의 줄어든 몫을 보며 나 역시 가난한 어린 시절을 보냈다 생각했다. 그건 부모님에 대한, 내 죄책감에 대한 변명이었고 부끄럽게도 내 거짓말이었다.

내가 주변 사람들에게 "저도 서율이 혼내요!"라고 말을 꺼내면, 사람들은 그 말을 믿지 못하고 "아빠인데, 혼도 내겠죠"라며 웃어넘긴다. 나는 그들을 이해한다. 나는 화내는 것을 싫어하는 편이다. 화를 낸다고 바뀌는 것도 아니니까.

사람이 바뀌는 건 애나 어른이나 마찬가지다. 다른 사람이 강제로 시켜서 바뀌기는 힘들다. 스스로 생각하고 판단하는 일이 필요하다. 잠깐 멈추는 것과 바뀌는 것은 다르다. 나 역시, 엄마 잔소리와 아내 잔소리를 끊임없이 듣다보니 조금 하는 척은 하지만, 그건 잔소리를 멈추기 위한 잠깐의 행동일 뿐, 결과적으로 내가 바뀌는 것은 없다.

30년이 넘도록 엄마에게 "양말 벗을 때 뒤집지 말고 똑바로 벗어놔라"라는 말을 들었지만 못 고쳤다. 그러나 지금은 양말을 똑바로 벗는다. 아내를 너무너무 사랑하는 마음에 잘못된 내 습관까지 고쳐진 것은 아니고, 아내와 함께 빨래를 하다보니 양말을 뒤집어 넣는 것이 빨래하는 사람을 얼마나 귀찮게 하는 일인지 깨달았기 때문이다. ……. 무엇보다 내가 빨래하는 시간이 많아졌기 때문이다.

서율이에게도 마찬가지라고 생각한다. 남이 시켜서 억지로 바꾸기보다는, 자신이 느껴서 스스로 바뀌었으면 좋겠다. 장난감을 어지럽히지 말라고 말하기보다는 엎질러진 장난감을 함께 치우는 게 좋다고 생각한다. 시간이 많이 걸리고, 정리하는 것이 또 다른 장난이 되겠지만, 어쩌면 정리가 되지 않겠지만, 함께 하는 것이 중요하다고 믿는다.

하나 더 추가하자면, 정리된 상황이 좋다는 것을 서율이가 느꼈으면 한다. 장난감 정리하라고 잔소리하는 것보다 정돈된 부부의 방을 보여주는 것이 효과적이라 생각한다. 부모의 생활 공간이 깔끔하다면, 서율이도 깔끔한 것이 기분 좋다는 사실을 알게 될 것이다.

인간은 누구나 경험해봐야 좋은 것을 알 수 있다. 아이는 부모의 거울이라 말한다. 아들을 키우며 나는 서율이를 통해 내 삶을 반성하게 된다.

아이에게
회초리를 들다

딱 한 번, 서율이를 체벌한 적이 있다. 아내가 출장 가고 없던 토요일 아침이었다. 그날도 어김없이 일찍 일어나 아빠와 놀이를 시작하려는 아들에게, 전날 저녁 엄마와 한 약속을 상기시켰다. 엄마가 출장에서 돌아오기 전까지 수학 숙제 끝내 놓기!

전날은 아내가 야간 자율 학습을 감독하는 날이었기에 퇴근이 매우 늦었고 서율이는 늦은 밤까지 엄마를 기다렸다. 평소 같으면 주물주물과 책 읽기로 달래어 재울 수 있었으나, 아들은 엄마와 함께 자고 싶다며 졸린 눈을 비비고 고개를 끄덕이며 아내를 기다렸고 11시가 넘어서야 도착한 아내는 서둘러 아이를 눕혔다. 아내는 서율이에게 내일 엄마가 출장을 간다는 것과 대신 아빠가 촬영을 뺐으니까 하루 종일 놀아줄 수 있다는 점, 그리고 주말에 해야 할 숙제가 있다는 사실을 분명히 했다.

아침에 일어난 서율이는 내가 출근하지 않는 것에 대단히 만족해하며 하루 종일 나와 무엇을 하며 놀지, 집에 있던 작은 칠판에 쓰기 시작했다. 아내의 당부가 있었기에 나는 서율이에게 숙제를 해야 할 시간이 필요하다 말했고 서율이는 내게 문제집을 공부방에 두고 왔다 대답했다. 지금도 그렇지만, 그때 나는 서율이를 100퍼센트 믿었다. 일곱 살은 아직 거짓말을 할 수 있는 나이라 생각하지 못했다.

"앞으로는 꼭 챙기자. 알겠지?"

"그럼 오늘은 하루 종일 조금도 쉬지 말고 놀아볼까?"

이런 말을 주고받으며 우리는 놀이를 시작했다. 제일 먼저 아내가 가장 싫어했던 기차 세트를 꺼내어 '장난감 왕국 만들기' 놀이를 준비했다. 장난감 왕국 만들기는 서율이가 가진 모든 장난감을 꺼내어 안방과 작은방 그리고 거실을 거대한 왕국으로 만드는 놀이였다.

서율이는 언제나 정교하게 만드는 것보다 완성한 뒤 아빠와 함께하는 역할놀이를 좋아했다. 서율이는 장난감을 부수거나 서로 공격해야 하는 전쟁놀이보다는 함께 모험을 떠나는 어드벤처 스타일의 놀이를 즐겼는데, 덕분에 나는 항상 아들을 안거나 업거나 어딘가로 올라가야 했다. 어쨌든 장난감을 꺼내어 왕국을 만들고 역할 놀이로 이어지는 '장난감 왕국 만들기'는 최소 세 시간은 걸리는 엄청난 스케일의 놀이였고, 당연히 아내가 있을 때는 절대로 할 수 없는 놀이였다.

장난감 왕국 만들기 놀이를 한바탕 끝낸 뒤 아점을 먹으려던 나는 아들과 한참을 토론해야 했다. '지금은 배가 고프지 않고 아빠와 더 놀고 싶다', '밥은 아빠가 없어도 먹을 수 있지만 놀이는 오늘밖에 하지 못한다', '무엇보다 아빠의 요리는 형편없다'라고 주장하는 아들을 설득하는 건 쉽지 않았다.

여차저차해서 간단히 식사를 마친 후 서율이는 내게 태권도를 보여주겠다며, 도복을 입어야 한다고 말했다. 난 굳이 도복을 입지 않아도 된다 말했으나 아빠는 태권도를 할 줄 모르기 때문에 그리 말하는 것이라며, 자신은 1품을 딴 유품자이기 때문에 반드시 도복을 입고 바른 자세로 태권도에 임해야 한다며 내게 도복을 찾을 것을 강요했다.

나는 태권도를 해본 적이 전혀 없기에(군대에서도 해본 적이 없

다) 아들을 설득할 수 없었고, 또한 아들 말이 옳다 여겼다. 태권도장에서 입는 옷은 여러 벌이 있었는데, 서율이가 원하는 도복을 찾아 방을 살피다가, 나는 공부방에 있다던 수학 문제집을 발견했다. 일부러 숨겨진 것은 아니었고, 책상 위에 올려져 있었다.

나는 당황했다. 한 번도 생각해보지 못한 서율이의 거짓말에 어떻게 대처해야 할지 난감했다. 솔직히 화가 나지는 않았다. 그냥 어쩔 줄 몰랐던 것 같다.

거실로 나오며 나는 아들이 싫어하는 굵은 목소리로 "김서율!" 짧게 이름을 불렀다. 내 손에 들린 수학 문제집을 보자 서율이는 환하게 웃었다.

"아빠, 이거 어떻게 찾았어?"

"아침에 아빠가 물어봤을 때 집에 있는 거 알고 있었지? 아침에 가방에서 꺼낸 거 맞지?"

짐짓 심각한 목소리에 서율이는 '아빠 잘못했어요. 아빠 사랑해요'라고 말하며 뽀뽀를 하려 했으나 나는 얼굴을 피했다. 뽀뽀를 하면 풀어야 했지만, 거짓말은 상황이 다르다 판단했다. 내가 고개를 돌리자 그제야 서율이는 아빠가 정말 화가 났다 생각했는지, 울기 시작했다. "아빠 잘못했어요"라고 말하며 옆에 서 있는 내 바짓가랑이를 붙잡고 5분쯤 울었다.

아이의 흐느낌이 잦아들 때쯤, 나는 서율이에게 무엇을 잘못했느냐 물었다. 서율이는 놀고 싶어서 거짓말을 했다고 답했다. 나는 "문제집을 풀기 싫다고 말했으면 아빠가 강제로 시켰을까?" 되물었다. 서율이는 아무런 대답도 하지 않았다. 나는 서율이에게 말했다.

"네가 정말 하기 싫다고 하면, 아빠는 강제로 시키지 않을 거야. 아빠는 서율이가 공부하는 걸 좋아했으면 좋겠어. 그러니까 거짓말은 하지 말자. 아빠한테 거짓말할 때 아빠한테 미안하지 않았어? 서율이의 거짓말에 사람들이 다 속아도 서율이는 심장이 쿵쾅거릴 거야. 그리고 부끄럽잖아. 아빠는 서율이가 솔직하게 이야기하면 좋겠어."

서율이는 내 목소리가 평온해지자 나를 쳐다보았고, 눈물을 닦아주는 내게 미소를 보였다.

그러나 나는 이렇게 끝낼 문제가 아니라 생각했다. 앞으로 서율이를 키워야 하는 아버지로써, 그리고 서율이와 함께 살아가야 할 가족 구성원으로서 거짓말은 신뢰를 깨는 행동이기에 분명 바로잡아야 할 문제라 판단했다. 감정 정리가 끝나고 나를 바라보는 서율이에게 말했다.

"아빠는 지금부터 서율이에게 벌을 줄 거야. 많이 아프겠지만, 서율이가 꾹 참았으면 좋겠어."

나는 회초리를 꺼냈다. 체벌을 경험한 적이 없었던 서율이는 회초리가 무엇인지 몰랐고, 어떤 용도로 사용될지는 더욱 몰랐다. 나는 서율이의 종아리에 선명한 회초리 자국을 세 줄 그었고, 서율이는 한 줄이 그려질 때마다 내게 잘못했다며 멈췄던 울음을 다시 쏟아냈다.

짧지만, 우리에게는 짧지 않았던 순간이 지나갔다. 나는 서율이를 안아주었고, 서율이는 내게 앞으로는 절대로 거짓말하지 않겠다는 다짐을 했다. 서율이의 다짐을 들으며, 나는 아버지를 떠올렸다.

내가 아버지의 질문에 거짓말을 하지 않는 건, 아버지가 내 대답을 언제나 감당하셨기 때문이다. 본인이 감당할 수 없다 판단하시면 내게 질문하기보다는 나를 기다려주셨다. 서율이를 안으며 앞으로 나는 얼마나 감당할 수 있을까를 생각했다.

서율이의 종아리에 그려진 세 줄은 생각보다 쉽게 사라지지 않았다. 아내는 서율이의 멍자국을 보며 내가 그렇게 만들었다는 사실에 놀라워했고(아내는 서율이에게 한 번도 체벌을 한 적이 없다), 지인들은 아내가 아닌 내가 체벌을 했다는 사실을 믿을 수 없다며 정말 내가 한 것인지를 되물었다. 여름이 끝날 때까지 반바지를 입고 돌아다니는 서율이에게 어른들은 다리가 왜 그러냐고 물었고 서율이는 그때마다 환하게 웃으며 대답했다.

"거짓말해서 아빠한테 맞았어요."

그럴 때면 어른들은 서율이의 머리를 쓰다듬으며 앞으로는 거짓말하면 안 된다 주의를 주셨고, 서율이는 이제 거짓말 절대로 안 할 거라고 다짐을 했다.

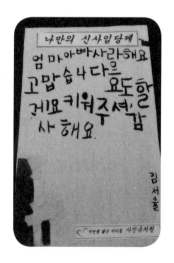

그 후 서율이는 내게 거짓말을 하지 않는다. 하기 싫은 것은 하기 싫다 말하고, 아빠와 토론하고 엄마에게 설득당한다. 나는 서율이가 싫다고 말하는, 상당히 많은 것을 존중해주려 노력한다. 다행히 아직은 내가 충분히 감당할 수 있는 것들이다.

얼마 전 "서율아, 수학 숙제 했어?" 물었을 때, 서율이는 이렇게 대답했다.

"아빠, 내 숙제잖아. 내가 알아서 해야지."

10

말 안 들으면, 두 배 더 사랑할 거야

: 아빠가 좋아, 아버지가 좋아?

> 내게 '아버지'와 '아빠'는 분명 다른 권위를 가지고 있다. 다양한 갈림길이 있는 인생이라는 미로에서, 출구를 찾지 못한 내가 잘못된 길에 빠질까 저만치 앞에서 걸어가시는 아버지와, 내가 출구를 찾을 때까지 손을 잡고 걸어주시는 아빠의 느낌이랄까?

용감함에는
한숨이 따른다

내가 졸업한 경성고등학교의 교훈은 '용감'이었다. 특이한 교훈만큼이나 학창 시절의 멋스러움을 강조했는데, 1년에 한 번씩 열렸던 축제는 마포구에서 가장 인기가 좋았다. 단순히 술을 마시고 유흥을 즐기는 대학 축제와 달리, 고등학교 축제는 학생들의 체육대회와 동아리 발표 행사가 어우러져 전교생이 함께 즐기는 진짜 축제였다.

축제 기간이 되면 학교는 '개방'이라는 표현으로 다른 학교 학생들에게 방문을 허용했다. 남중 남고였던 학교 건물에 여학생들이 찾아와 사람들이 가득 찬 운동장에서 함께 대화를 나눈다는 것은 그 또래의 아이들에게 무척이나 설레는 일이었다.

문예부였던 나는 축제 기간이면 강당에서 100여 명이 넘는 학생들 앞에서 자작시를 낭송하는 영광을 누렸는데, 처음 시 낭송을 준비하던 그 떨림을 기억한다.

동아리 담당 선생님을 찾아가 내가 쓴 시가 부끄럽다며, 시 낭송을 포기하겠다 말했을 때 선생님은 내게 "대중 앞에서 발언을 한다면, 가장 중요한 건 발언의 내용이 아니라 그 사람의 권위"라 말씀하셨다. 어차피 내가 낭송한 시의 내용을 기억하는 사람은 아무도 없을 것이고, 시를 낭송한 사람만 기억될 것이라며 그냥 낭송하면 된다고 하셨다.

나는 사회 강사가 된 뒤 똑같은 이야기를 오랜 시간 사람들에게 전달했다. 처음 동네 보습학원 강사가 되어 학부모들과 전화로 아이들의 성적을 상담했을 때도, 운 좋게 초등 사회 인터넷 강사가 되어 《경섭쌤, 사회가 뭐예요?》라는 책을 쓴 뒤 학부모 간담회나 저자 강연회를 열었을 때도, "학생들의 사회 성적 향상을 위해 가장 중요한 건 요점 정리된 노트를 암기하는 것이 아니라 교과서에서 다루는 주제들에 대해 고민하고 이해해야 하는 것"이라고 말했다. 학부모들의 반응은 내 이름 앞에 붙은 사회적 지위에 따라 전혀 달랐다. 아직도 보습학원 강사 시절에 수화기 넘어 들려왔던 어머님들의 한숨 소리가 잊히지 않는다.

현실과 동떨어진 이야기를 한다고, 담임 선생님을 바꿔달라 원장님께 부탁한 부모님도 있었다. 나는 오프라인에서 학원 강사를 하는 대부분의 시간을 담임을 맡지 못했다. 동료 쌤들과의 술자리에서 아이들에게 하고 싶은 이야기를 충분히 전달하지 못하는 것에 안타까움을 표시했는데, '그게 바로 담임을 맡지 않는 비결'이라 선생님들이 웃어넘길 때면, 사회 선생이지만 사회화되지 못하는 나 자신에 대해 고민하기도 했다.

교과서의 내용을 효과적으로 전달하기보다는, 교과서의 내용을 아이들과 이야기 나누려 노력했던 내 수업은 독특한 강의로 인식되었고, 운이 좋게도 다양성을 추구하는 현대 사회의 인터넷 강의에 적합한 수업이 되기도 했다.

내가 엘리하이(메가스터디 초등 사이트)에서 강의를 하게 된 뒤 꽤 여러 번 학부모 간담회를 진행했고, 《경섭쌤, 사회가 뭐예요?》라는 책을 쓴 뒤 저자 강연회를 몇 번 열었다. 학부모들은 언제나 내게 '사회를 잘 하는 비결이 무엇일까요?'라고 질문하셨고, 나는 항상 '아이가 사회를 좋아해야지요'라며 입을 뗐다. 사회를 좋아하려면 무턱대고 암기하는 것이 아니라 그것이 무엇인지를 이해해야 하며, 그러려면 요점 정리를 버리고 생각하는 시간을 늘리는 것이 중요하다는 설명과 함께 말이다. 주로 한 시간 정도 이야기를 나눴는데, 객석에서 한숨을 쉬거나 강사를 바꿔달라 요청하는 분은 없었다. 강연이 끝나고 함께 사진을 찍거나 사인을 요청하는 분들이 대부분이었던 걸 생각해보면 내 이야기가 흡족하셨나 보다.

그런데, 솔직히 말하면 강연 내용은 중요하지 않았을지도 모른다. 사람들에겐 동네 보습학원 강사인지, 네이버에 검색하면 나오는 인터넷 강사인지가 더 중요하지 않았을까? 유명해지면 똥을 싸도 박수를 쳐준다고 하지 않던가.

아빠와
아버지

아빠라는 권위는 어떨까?

나는 아버지를 '아빠'라 부른다. 노트북을 열고 키보드를 두드리며 그분을 찾을 때는 '아버지'라는 표현이 익숙하나, 고개를 들어 그분을 쳐다보며 눈을 맞출 때면 '아버지'라는 표현은 굉장히

낯설고 어색하다. 내가 '아버지'라 부를 때면 그분은 상당히 쑥스 러워하시거나 불안해하시는데, 그건 아마도 아들 녀석이 지금부 터 불편한 이야기를 하거나 중요한 결정을 내리려 한다는 것을 그간의 반복된 경험을 통해 느끼셨기 때문일 거다.

아버지는 돌아가신 할아버지를 언제나 '아버지'라 부르셨 다. 할아버지와 불편한 이야기를 할 것도, 중요한 결정에 대해 상 의할 것도 아니었지만 언제나 할아버지는 아버지에게 '아버지' 였다.

내가 기억하는 시간 속에서 아버지는 한결같이 '할머니'를 더 좋아한다고 말씀하셨다. 서율이도 할아버지를 닮아서일까? 언제 나 '엄마'가 더 좋다고 말한다. 그런데 나는 '아빠'가 더 좋다(엄마 에게 미안하지만, 알고 계시니까 이렇게 말해도 서운하지는 않으실 거다. 나 도 '엄마'가 더 좋다는 서율이를 이제는 서운하게 생각하지 않으니까).

돌아가신 할아버지와 아버지의 사이는 훨씬 더 오래전에 돌 아가신 할머니와 아버지와의 관계와는 분명 차이가 있었다. 아버 지는 할머니를 언급할 때면 언제나 '돌아가신 엄마'라 칭했지만, 할아버지는 '아버지'였다. 딱히 궁금한 적이 없었기에 아버지께 그 차이를 여쭤본 적은 없다. 집안마다 제사의 형식이 다르고 그

것이 나와는 아무런 상관없듯이, 사람마다 '아버지'라는 용어에서 느끼는 감정의 차이가 있을 테니까.

아버지는 두 단어 사이에서 얼마만큼 차이를 느끼셨을지 모르겠으나, 내게 '아버지'와 '아빠'는 분명 다른 권위를 가지고 있다. 다양한 갈림길이 있는 인생이라는 미로에서, 출구를 찾지 못한 내가 잘못된 길에 빠질까 저만치 앞에서 걸어가시는 아버지와, 내가 출구를 찾을 때까지 손을 잡고 걸어주시는 아빠의 느낌이랄까? 나는 그분을 언제나 '아빠'라 불렀는데, 걷다가 넘어질 때면 '아버지'라 부른 적도 있다.

서율이가 여섯 살이 되면서, 녀석의 일과는 바빠졌다. 유치원과 태권도 도장을 다녔던 다섯 살 때도 놀 시간이 부족하다 투덜대던 녀석이었는데, 고등학교 기간제 교사가 되어 늦은 시간까지 학교 업무에 매달려야 하는 아내의 바빠진 일상이 서율이의 소소한 행복이었던 엄마와의 저녁 시간에도 영향을 미치게 되었다.
오후에 촬영을 해야 하는 일정 때문에, 내가 오전에는 서율이를 돌볼 수 있다는 장점이 있었지만 서율이가 태권도를 마치고 집에 돌아오는 저녁 시간은 오롯이 아내의 몫이었다. 물론 내가 쉬는 날도 많은 편이었으나, 규칙적이진 않았기에 저녁 시간은 아내와 서율이의 시간이었고, 촬영을 하지 않는 날은 서율이에게 주어진 작은 보너스였다.

중학교에서 수업을 했던 예전과는 달리 고등학교 선생님이 되자, 아내는 일주일에 하루이틀은 야근을 해야만 했다. 아내의 결정은 서율이를 주 2회 수학 공부와 저녁 식사를 맡아줄 수 있는 공부방에 보내는 것이었다. 나는 아내의 선택을 존중한다며 동의했으나, 마땅한 해결책을 제시할 수 없었기에 존중하는 척했다. '하는 척' 하는 것이 존중하는 것보다 효과적임을 몇 년의 다툼을 통해 경험했기 때문이다.

아내의 결정과 나의 표면적 지지는 당장 서율이의 삶에 큰 영향을 미쳤다. 서율이는 수학 문제집을 하루에 몇 장씩 풀어야 했고, 선생님 댁에서 일주일에 두 번씩 저녁을 먹어야 했다. 다행히 선생님은 적당히 엄하셨고, 음식 솜씨는 아내만큼 뛰어나셨다. 사이가 가까워진 후 우리 부부도 가끔 저녁 식사에 초대를 받아 멋진 음식들을 맛볼 수 있었는데, 셰프가 선생님이 아니라 선생님의 남편이란 사실은 꽤나 놀라웠다.

서율이는 이모부(서율이는 '선생님'과 '이모부'로 선생님 부부에 대한 호칭을 정했다)의 음식 솜씨를 칭찬했는데, 나는 당연히 선생님의 요리로 착각했었다. 요리에 대한 재능을 전혀 물려받지 못한 나와 다르게, 이모부의 음식 솜씨에 서율이는 상당히 흡족해했다.

한번은 학교 회식을 하는 아내를 대신해 서율이와 저녁을 먹으러 집 앞에 있는 삼겹살집에 갔다. 걸어가는 동안 서율이는 내게 물었다.

"아빠랑 둘이 먹는 거야?"

"오늘은 엄마가 없으니까 우리 둘이 먹는 거지~."

10초 정도 시간이 흐른 뒤, 생각지 못한 말이 들렸다.

"이모부랑 같이 먹자!"

"왜? 이모부랑 다 같이 먹는 게 좋아?"

"아빠는 고기 못 굽잖아. 타는 거 싫어. 이모부한테 구워달라고 하자!"

서율이는 이모부의 음식 솜씨에 믿음을 가지고 있었고, 내가 걱정했던 것보다 공부방에 적응을 잘하고 있음이 분명했다.

서율이가 공부방에 적응하는 데는 선생님과 남편 분의 노력도 있었지만 사실 가장 큰 도움을 준 이는 서율이보다 세 살 많은 선생님 부부의 딸 '오하은'이라는 아이였다. 배우였던 아빠(유명하

지는 않았지만 드라마의 단역으로 간간이 출연하고, 연극 무대에 서는 걸 좋아하는 분)를 닮아 이목구비가 또렷하고, 덕정초등학교에서 제일 예쁜 여학생으로 꼽힌다는 아이였는데 얼굴만큼이나 성격이 밝고 서율이를 챙겨주는 아이였다.

서율이에게 숙제를 내주고 검사를 하는 사람이 하은이라는 말을 들었을 때, 선생님께 감사하다는 생각이 들었다. 수학 숙제를 누나와의 놀이로 생각하고 즐기는 아들의 모습에서 한 번도 숙제를 즐겁게 해보지 못했던 내 모습을 떠올렸기 때문이다.

제가 서율이를
망친다고요?

뺄셈도 풀 수 있다고 큰소리치는 서율이의 수학 실력이 향상되는 만큼, 선생님 가족과의 교류도 활발해졌다. 학교생활에 적응하느라 바쁜 아내와, 요리를 못 하지만 입맛이 까다로운 나에게, 나만큼 편식이 심한 선생님과 자신의 아내 입맛에 맞는 요리를 할 줄 아는 배우는 궁합이 잘 맞는 이웃사촌이었다. 그분들께 우리 부부가 어떤 모습일지를 생각해본 적은 많았으나, 고민한 적은 없었기에 이만하면 이웃사촌이라는 말에 부족함은 없으리라.

우리 가족은 주로 선생님 댁에서 식사를 함께 했는데, 서율이와 하은이는 손발이 잘 맞는 장난꾸러기였다. 나이에 맞는 다양한 사고를 쳤고, 나이에 맞게 깔깔대며 떠들었다.

거실에서 뛰어다니느라 음식을 쏟거나 흘리는 경우가 많았고, 방에 가서 놀겠다며 식사를 대충 하거나 어른들 이야기에 끼고 싶어 목소리를 높일 때가 있었다. 누나의 새 장난감을 쳐다보느라 식사 시간에 한눈을 파는 것도 일상이었다. 그럴 때면 아내는 나에게 주의를 줄 것을 눈빛으로 부탁했는데, 나는 언제나 서율이를 무릎에 앉히며 "아들! 이렇게 말썽 부리면, 아빠는 두 배 더 사랑할 거다!"라고 말하며 녀석에게 뽀뽀를 강요했다.

나의 이런 행동에 아내는 언제나 어이없어 했고, 선생님 부부는 재미있다는 듯 쳐다보았다. "서율이 아빠는 서율이 혼낸 적 없죠?"라는 핀잔도 들었지만, 나는 웃으며 서율이를 무릎에 앉히고 녀석의 심장의 쿵쾅거림이 잦아들길 기다렸다. "그만"이라는 어른들의 굵어진 목소리에 당황한 서율이에겐 흥분을 가라앉힐 시간이 필요하다고 생각했다.

명지대에서도, 전주에서도 나는 부모님들께 서율이를 혼내는 것이 필요하다는 말씀을 곧잘 듣는다. 옆에서 일러바치는 아내도 한몫 거들었지만, 어른들께서는 진정으로 내가 혼내는 것이 필요하다고 느끼시는 것 같다. 특히 아버지는 몇 년 전부터 가끔 "너 그러다가 서율이 네가 망친다"라며 걱정이 가득 담긴 말씀을 하신다.

그런데 얼마전에 뵈었을 때도 "아이고, 우리 손자 잘 크고 있네~", "서율이 지금처럼 잘 키워라"라고 말씀하신 걸 생각해보면 지금까지는 나와 아내의 육아 방법에 대해 긍정적 평가를 내리시는 것 같다.

어렸을 때, 나는 말썽을 거의 부리지 않았다. 단순히 할아버지, 할머니와 함께 살아서 예의 바르게 컸다기보다는 가정 교육에 엄격한 부모님의 영향을 받았기 때문이라 생각한다. 자식들이 말썽 부리지 않고 얌전하게 크는 것이 올바르게 크는 것이라는 믿음을 가지셨던 부모님은 나와 동생이 부모님께서 그려놓은 원을 벗어나는 것을 용납하지 않으셨다.

여동생은 가끔 그 선을 살짝 넘어갔다 돌아오는 경우도 있었지만, 나는 대학생이 될 때까지 한 번도 그 선을 넘지 않았다. 물론 아무도 모르게 원 밖으로 몇 걸음 걸어본 적도 있었으나, 가족이 알아차리기 전에 돌아와 눈치를 살피기도 했다.

난 원 밖의 세상을 경험하지 못했고, 원 밖의 세상이 궁금하지도 않았다. 태어나서 비행기를 처음 타본 게 서른네 살 때 신혼여행이었으니, 나는 가족 밖 세상에 대한 호기심도 없었다.

빰 몇 대
맞을래?

나는 권위에 순종적인 사람이었다. 가정 교육에 엄격한 부모님이셨지만, 나는 한 번도 두 분이 과하다 생각하지 않았다. 어려서 잘못을 하면 어머니에게 혼이 나거나 매를 맞은 적이 많았으나, 한 번도 수긍하지 못했던 적은 없었다. 내가 잘못을 한 만큼 어머니에게 혼이 난다는 것을 납득할 수 있었다.

아버지에게는 빰을 두 번 맞았다. 물론 아버지께 혼이 난 게 두 번만 있었던 것은 아니다. 빰을 맞겠냐고 물어보신 적이 몇 번 더 있었는데, 내가 동의한 게 두 번뿐이었다. 아버지는 두 번 모두 내게 '빰을 맞겠느냐'고 물어보신 후 몇 대를 맞을 것인지까지 내가 결정하게 하고 때리셨다(난 처음에는 세 대를, 그다음은 한 대만 맞겠다고 했다).

어린 나이에도 아빠에게 맞는 것이 엄마와 비교할 수 없을 정도로 아팠기에 그만큼 큰 잘못이어야 한다고 생각했다. 나는 혼이 나거나 매를 맞을 때면, 언제나 스스로 내 잘못에 대한 판단이 가능했는데 한 번도 부모님이 합리적인 선을 넘지 않으셨기 때문이다.

부모님이 그려놓은 원을 넘지 않은 건 혼나는 것과 매 맞는 것이 두려워서는 아니었다. 원 밖으로 몇 번 뛰쳐나갔던 여동생에게 관대하셨던 부모님을 생각하면 나 역시 적당한 선에서 타협을 할 수도 있었을 것이다.

결국 그 안에서 멈춘 건 나였다. '어른들 말씀은 무조건 들어야 해'라는, 내가 만든 프레임에 스스로 갇혀 있었다. 할아버지, 할머니, 아버지, 어머니, 친척 어른들, 선생님, 동네 어른들까지. 내가 부여한 권위의 힘에 내가 스스로 갇혀 나는 밖으로 나가보려 하지 않았다. 어쩌면 '예의 바른 어린이'라는 전리품에 취했는지도 모른다.

나이를 먹어감에 따라 더욱 견고해지는 프레임 속에서 나는 '사회적 관습과 권위의 틀'에 갇혀버렸다. 언제나 내가 스스로 판단할 수 있는 합리적 범주에 계셨던 부모님과 다르게 사회는 내가 판단할 수 없는 영역에 틀을 고정시켜 놓았지만, 나는 벗어나지 않았다. 마냥 처음부터 그렇게 고정된 것이 합리적이라 느끼며 살았다. 나는 권위에 복종하는 것에 길들어 있었다.

나는 서율이가 권위의 힘이 아닌 자신의 판단으로 세상을 바라보며 살기를 바란다. 모든 부모가 그러하듯 부모가 가진 단점을 극복하고 조금 더 넓은 세상에서 자신의 눈으로 세상을 바라보면 좋겠다.

나는 부모님이 항상 하셨던 말씀, '우리보다는 네가 잘 살아야지'라는 말을 잠이 든 서율이의 이마를 보듬으며 마음속으로 몇 번을 이야기한다. '아빠보다는 잘 살아야지'라고.

서율이가 경제적 궁핍을 겪으리라는 생각은 하지 않는다. 이미 대한민국이 그 정도 수준은 벗어났기에. 나는 물질적 풍요 속에서 정신적 공허함을 느끼지 않길 바란다. 수많은 사람이 걸어가는 방향으로 등 떠밀려 걷는 것이 아니라, 잠시 멈추더라도 자신이 가고 싶은 방향을 선택할 수 있는 아이로 성장하길 원한다. 남이 정해준 규칙에 따라, 누군가의 판단에 의해서 옳다고 정해진 답을 찾는 것이 아니라 스스로 옳은 답을 찾아갔으면 좋겠다.

식사시간에 떠들고 장난치는 서율이가 어른들이 "그만!" 하는 고함소리를 들어서가 아니라, 잠시 내 품에 안겨 흥분을 가라

앉히고 어질러진 식탁을 바라보며 잔잔해진 분위기에서 멈출 때가 되었다는 것을 깨닫기를 기다린다.

요즘에도 '서율이 좀 혼내봐!'라는 아내의 눈빛을 보며 나는 서율이를 멈추고 "서율이가 말썽 부리면, 아빠 두 배 더 사랑할 거야"라고 말한다.

11

서율이는 커서 뭐가 될래?

: 스티브 잡스보단 편하게 살길

아웃사이더의
자격

대학을 졸업하고 나면 동기 모임 하나쯤 나가게 마련이라는데, 나는 동기 모임이 없다. 물론, 대학 친구가 없다는 뜻은 아니다. 학교생활에 적응하지 못해 휴학과 복학을 반복하며 9년을 다닌 대학교 시절 내내 아웃사이더가 아닌 적은 없었으나, 다행히 마음이 통하는 친구 몇 명을 만날 수는 있었다.

우선 이화여대 앞에서 스타벅스를 뛰어넘는 프랜차이즈를 만들겠다 큰소리치는 '카페 아늑'의 사장 최재성이 있고, 군산의 한 공장에서 공장장이 되겠노라 노력하는 전윤배가 있으며, 철도청 공무원 부부로 남들이 부러워하는 안정적인 삶을 살고 있는 진석

171

우도 있고, 직급은 모르겠으나 도요타에서 근무하며 멋진 외제차를 끌고 나타나는 정승민도 있다.

내가 연락하는 동기 녀석은 이렇게 네 명인데, 모두 다 전공을 좋아하지 않았으며, 전공을 살리지 않았고, 사교적이지 못했다. 신입생 OT에 불참한 녀석도 있었고, 1학년 개강파티나 종강파티에도 얼굴을 비추지 않았던 녀석이 있었다. 생각해보면 학교에 다닐 때나 졸업 후에도 다섯 명이 한자리에 모인 적은 경조사를 제외하면 없었던 것 같다. 그럼에도 우리는 서로 '친구'라 부른다. '아웃사이더'라는 표현이 누구에게도 넘치거나 부족하지 않았다.

나는 친구들이 왜 수업에 참여하지 않는지, 왜 학점에 연연하지 않는지, 왜 전공을 살리지 않는지 궁금하지 않았다. 나 역시 출석하는 것에 의미를 부여하지 않았고, 학점에 관심이 없었으며, 전공을 살릴 생각이 없었다.

학창 시절 우리는 서로의 시간표를 맞추려 노력하지 않았는데, 저마다 좋아하는 장소가 있어 그곳에 가면 언제든지 만날 수 있었기 때문이다. 나는 햇볕이 비치는 빨간 계단에 앉아 쏟아지는 햇살을 받으며 손톱 깎는 것을 좋아했는데 그러고 있으면 마음이 평안해지곤 했다. 명상을 할 줄 몰랐으나, 명상을 알았다면 분명 가부좌를 틀고 심신을 안정시켰을 것이다.

빨간 계단에 멍하니 앉아 있으면 수업에 들어가기 위해 바쁘게 뛰어가는 친구들과 선후배들을 마주치는데, 처음에는 나에게 말을 걸기도 하고 수업에 함께 들어가자 팔을 잡아끌기도 했으나 얼마간의 시간이 지난 후에는 내 위장술이 성공한 것인지 그들의 눈에 내가 더 이상 보이지 않는 듯했다.

한번은 이름조차 기억 안 나는 후배 녀석이 "형은 참 낭만적으로 학교생활을 하네요. 걱정이 없나봐요"라며 나의 남은 인생을 걱정하고 설계해주고 싶다는 표정으로 내 옆에 앉았다.

나는 모처럼 다가온 후배에게 내가 느끼는 '방향을 상실한 삶에서 오는 불안과 고독, 그리고 두려움'에 대해 30여 분에 걸쳐 얘기했으나, 빨간 계단에 앉아 따스한 햇살을 받아야만 하는 내 스토리의 맥락을 파악하기에는 그가 준비해 온 30분의 시간은 너무나 짧았고 그는 내 이야기를 듣는 것보다 자기 이야기를 하고 싶어했다. '미래에 대해 아무 생각이 없는 1인'으로 결론 나는 대화가 안타까웠지만, 그렇다고 수업에 가려는 후배를 붙잡으며 무턱대고 내 얘기 좀 더 들어달라고 할 수도 없었다. 무엇보다 나는 그를 설득할 자신이 없었다.

2학년을 마친 후, 휴학을 하고 군대를 다녀왔다. 제대를 한 아들에게 부모님은 행정고시 공부를 권하셨다. 군대를 제대하면서 나는 게임에서나 존재하는 줄 알았던, '무엇이든 잘 할 수 있다' 버프(롤플레잉게임에서 캐릭터의 스펙을 향상시켜주는 마법류)와 '부모님께 효도해야 한다'라는 버프를 받은 덕분에 부모님의 뜻을 따르겠다 결정했고, 신림동으로 들어갔다.

미리 결론을 약간 '스포'하면, '남들보다 열심히 죽도록 공부해서 행정고시에 합격했다!'는 훈훈한 성공 스토리는 아니다. 그랬다면 《나는 이렇게 합격했다!》 같은 수험서를 썼겠지만, 나는 지금 이런 책을 쓰고 있다.

신림동에서 보낸 3년

신림동에서 나는 사법고시든 행정고시든 시험에 합격하는 사람을 아무도 만나지 못했다. 나중에 알고 보니 시험에 합격한 사람들은 정말 아무도 만나지 않고, 엉덩이에 종기가 터져 의자에 앉지 못할 정도로 공부를 했다고 한다.

종기가 터지면 서서 책을 보았다는 그들의 이야기가 농담이 아님을 알기에, 나는 드라마에서 흔히 보는 법조인과 공무원을 보면 그들의 독특한 캐릭터가 이해가 된다. 고시에 합격한 사람들은 특별하다. 그들은 자신이 하고 싶은 것을 이루려 노력했고, 이룬 사람들이었다.

처음 며칠간은 생활계획표를 따라 멀쩡한 수험생을 흉내 내기도 했으나, 초등학교 시절에도 지켜보지 못한 계획표를 스물네 살의 혈기왕성한 청년이 지킨다는 건 말도 안 되는 욕심이었다.

내 신림동 생활은 무절제함의 극치였다. 넘치는 시간을 감당할 수 없었고, 신림동에는 나만큼 목표가 없는 사람들이 넘쳐났다. 고시에 합격하겠다 들어왔으나 고시 공부를 하는 사람도, 고시 공부를 하고 싶어하는 사람도 없었다. 나는 그들과 밤을 새워 술잔을 두드리며 인생의 부질없음에 대해 이야기를 나눴다. 아무것도 하지 않음이 자신이 할 수 있는 유일한 행동이라 변명하는 사람들 속에서 나는 안도감을 느꼈다.

신림동에서 전혀 아무것도 하지 않은 것은 아니다. 난 두 가지를 정말 열심히 했다. 하나는 '워크래프트3'라는 게임이었다. 나는 눈을 뜨고, 술을 마시지 않았던 대부분의 시간을 PC방에서 게임을 하는 데 할애했다. 고등학교를 졸업하고 처음으로 무언가를 가장 열심히 했던 것 같다.

문득 게임을 하면서 만났던, 중학교를 자퇴했다던 어린 녀석이 생각난다. 랜덤으로 매칭된 게임을 하면서 얼굴도 모르는 내게 욕을 너무 많이 해서 싸우다가 알게 되었는데, 프로게이머가 꿈이라고 했다.

친분이 쌓인 뒤 자기보다 열 살 정도 나이가 많았던 나에게 게임을 가르쳐 주었고 게임을 할 때면 여전히 내게 욕을 하던 친구였다. 당시 우리는 회원 수가 10만 명이 넘었던 다음 카페를 함께 운영하기도 했다(내가 게임을 접으면서 카페를 다른 운영자에게 넘겨 더 이상 들르지 않았는데, 얼마전 들어가 보니 안타깝게도 현재는 어떤 무속인의 카페가 되어 있었다).

프로게이머가 꿈이라던 녀석은 정말 열심히 게임을 했는데, 그가 손목이 좋지 않다며 꿈을 접는다고 했을 때는 본 적도 없고 이름도 몰랐지만(이름 대신에 게임 아이디를 사용했다), 그리고 그 친구는 몰랐겠지만, 난 그 녀석을 위해 그날 밤 술잔을 들이키기도 했다.

신림동의 PC방 사용료는 잔인하도록 저렴했다. 지금은 가격을 모르겠으나, 당시에는 1시간에 700원 하는 곳이 대부분이었다. 다른 지역의 요금이 보통 1,500원 하던 때였으니, 700원으로도 PC방이 유지되려면 얼마나 많은 고시생들이 컴퓨터 앞에서 시간을 보냈는지 말하지 않아도 알 수 있을 것이다.

이런 저렴한 요금도 감당이 안 될 만큼 나는 하루의 대부분을 PC방에서 게임을 하며 보냈다. 부모님께 용돈을 받았고 과외를 했으며 간간이 아르바이트를 해서 번 생활비는 고시 생활을 하기에 충분히 넉넉했으나, 공부를 하지 않았던 나에는 부족했다.

통장 잔고가 떨어지면 신림동에서 열심히 했던 나머지 하나를 했다. 서울대학교 도서관에 걸어가 책을 읽는 것이었다. 누구에게나 개방되었던 도서관은 시간은 많으나 할 일이 없던 나에게 최적의 장소였다. 책을 읽으면 시간이 잘 갔고, 책을 읽다 잠이 들면 시간은 더 빨리 갔다.

나는 특정 분야의 책을 골라 읽지 않았다. 어차피 무언가를 알고 싶어 읽는 것이 아니라 시간을 보내기 위해 읽었기에, 그리고 알지 못하는 내용을 읽어야 잠이 빨리 든다는 것을 알았기에 무턱대고 책을 읽었다. 스티브 잡스가 남긴 "인생의 작은 점들이 모여 선을 그린다"라는 말이 얼마나 위대한지를 나는 스스로 내 인생을 통해 경험했다.

가장 헛되이 보냈다고 여겼던 24~27살의 신림동 생활이 현재의 내 삶에 가장 큰 영향을 미친 시간이었다. 욕하지 말라는 내 말에 "ㅋㅋㅋ"를 화면 가득 띄우던 녀석이 프로게이머를 포기한다며 채팅창에 띄운 글, 두세 번 눈을 껌벅일 시간이 지나서야 한두 글자씩 모니터에 찍히던 "형, 아뇨, 진짜 하고 싶었는데"라는 그 문장을 읽는 순간 미치도록 녀석이 부러웠다.

시간이 너무 많이 남아 잠을 청하려 도서관에서 읽은 책들은 인터넷 강의를 하는 지금의 내게 훌륭한 자산이 되었다.

몇 년간의 신림동 생활을 정리하겠다고 부모님께 전화를 드렸을 때, 부모님은 기다리셨다는 듯이 한 시간도 안 되어 나를 데리러 오셨다. 두 분은 아무것도 묻지 않으셨고, 나는 집으로 가는 아버지의 택시 안에서 내가 기억하는 한 가장 많은 눈물을 흘렸다. 무엇이 그리 슬프고 무엇에 그리 화가 나고 무엇이 죄송했는지 모르지만, 나는 집까지 오는 내내 아버지의 택시 안에서 소리 내어 엉엉 울었고, 집에 도착한 뒤 더 이상 울지 않았다. 이후 부모님은 한 번도 내게 신림동 생활에 대해 묻지 않으셨다.

　　대학에 복학했으나, 나는 여전히 학교생활에 적응을 하지 못했고 학교를 겉돌았으며 수업을 제대로 듣지 못했다. 부모님은 여전히 내게 질문을 하지 않으셨는데, 노력에 비해 운 좋게 졸업을 하고 난 뒤 어느 날, 아주 오랜만에 질문을 하셨다.

　"무엇을 하고 싶니?"

　난 그날 그 순간을 잊지 못한다. 아버지의 슬픈 눈빛과 어머니의 실망을. 두 분은 내게 더 이상 기대하는 것이 없으셨다. 훌륭한 대학 생활을 마치고 대한민국의 든든한 역군으로 성장한 동생과 달리, 모든 것이 망가졌다 생각하는 아들을 바라보는 두 분은 나를 쳐다보지 않고 물으셨다.

　"무엇을 하고 싶니?"

　수능을 마치고 원서를 접수할 때 나는 고등학교 시절까지 살면서 처음으로 부모님의 뜻과 맞지 않는 것, 내가 하고 싶은 것을 말했다.

　"○○대학교 역사교육학과에 진학하면 어떨까요?"

　사실, 당시 내 질문은 '이곳에 가고 싶어요'보다는 '제 성적으로 이곳에 갈 수 있는데 원서를 써볼까요?'라는 의미에 가까웠다. 부모님이 반대하시는 걸 알고 있었기 때문이다.

졸업을 앞두고 나는 처음으로 내가 하고 싶은 것을 고민했다. 그리고 해보고 싶은 것을 기억해낼 수 있었다. 나는 아이들을 가르쳐보고 싶었다.

질문을 받고 며칠이 지난 뒤 답을 했다.

"학원에서 아이들을 가르쳐보고 싶어요."

"그래, 알아서 해라"라는 어머니의 대답이 이어졌다.

사범대를 졸업한 것도 아니고, 학원에서 아이들을 가르쳐본 경험이 많은 것도 아니었으며, 그저 대학생 시절 아르바이트처럼 아는 지인의 학원에서 학생들의 시험 대비를 해준 게 전부인 내가 괜찮은 학원의 강사가 되는 것은 불가능했다.

나는 벼룩시장의 구인란을 뒤졌고, 집에서 자전거로 20분 거리에 있는 동네의 작은 보습학원에 취직을 했다. 학원의 원장님은 운명처럼 내게 사회 과목을 맡겼다.

내게 처음 '강사'라는 명함을 만들어준 학원은 그다지 좋은 학원은 아니었는데, 나 같은 초보 강사들에게 기회를 준다며 열정 페이를 강요하는 곳이었다. 나는 오후 1시부터 자정까지 하루에 11시간을 근무했고, 학원 건물의 청소를 담당했으며 주 6일을 근무했는데도 월급은 130만 원이었다(나는 결혼 전까지 받은 모든 월급을 어머니께 드렸는데, 내 인생의 첫 월급을 받은 어머니는 감동의 눈물 대신 슬프게 흐느끼셨다).

게다가 학원은 나에게 4대 보험조차 보장해주지 않았다. 회식이라며 1,900원 하는 짜장면을 사주었는데 가장 심각한 문제는 그러한 상황에서 내가 슬프지 않았다는 것이다. 이후로 남들보다 열심히 노력해서 나름 지금의 자리에 있게 되었다는 빤한 스토리는 접어두고, 나는 즐겁게 지내려고 노력했다.

2년 정도 근무했던 보습학원을 그만두고 은평구에서 두 번째로 컸던 학원에서 근무하게 되었다. 학생 수가 많은 만큼 몸은 고되었으나, 이전과는 비교할 수 없을 정도로 시스템을 잘 갖춘 학원에서 나는 좋은 사회 강사가 되기 위한 훌륭한 가르침을 받았고, 아내를 만났다. 그 뒤 운 좋게 인터넷 강사가 되었고, 서율이를 얻었다.

푸켓에서 날린
풍등

　　내가 분가하기 전, 서율이가 9개월이 되었을 때 우리 가족은 처음으로 해외여행을 갔다. 아직 돌도 지나지 않은 어린아이를 데리고 해외로 나가는 것이 얼마나 위험한 일인지 알지 못했고, 처음 해외여행을 가시는 부모님의 설렘은 내 아드레날린을 자극했다.

　우리의 목적지는 푸켓이었는데, 신혼여행만큼의 패키지 상품을 끊어 여행을 떠났다. 나와 아내의 두 번째 해외여행이었고, 엄마 뱃속에 있을 때 다녀온 사이판을 해외여행으로 칠 수 없다 주장하지만, 서율이 역시 두 번째 해외여행이었다.

　푸켓으로 떠난 가족 여행은 푸켓으로 향하는 비행기 안에서, 그리고 한국으로 돌아오는 비행기 안이 가장 행복한 시간이었다. 여행 둘째 날, 서율이가 고열로 푸켓 국제병원에 입원을 했기 때문이다. 9개월 된 아이에게 여섯 시간의 비행은 당연히 힘든 일이었고, 낯선 기후에 적응하는 것도 쉽지 않은 일이었다. 여행 첫날, 덥다며 집 안에 있는 수영장에서 9개월 된 아이와 찬물에서 몇 시간 동안 수영을 한 나도 서율이에게 감당하기 힘든 고통을 주었다.

둘째 날이 되었을 때 혼절한 서율이를 안고 우리는 병원으로 향했다. 의사소통이 원활하지 않았으나, 열이 많아 입원시켜 약을 먹고 경과를 지켜봐야 한다는 의사 선생님의 말씀을 간신히 알아들을 수 있었다. 여행 기간 동안 나와 아내는 서율이와 함께 병원에 머무르며 지냈다. 나는 매일 택시를 타고 병원과 숙소를 오가며 부모님에게 서율이의 건강이 호전되고 있다는 사실을 말씀드렸고, 첫 해외여행인 만큼 최대한 즐기시라 부탁드렸으나, 병원에 입원한 손자를 두고 웃으며 여행 다닐 배짱이 없으신 두 분은 이미 관광객이 아닌 현지인이 되셨다.

다행히 서율이는 입원한 지 3일 만에 퇴원했다. 우리 가족에게는 하룻밤이 남아 있었다. 마지막 날에는 하루 종일 숙소에서 쉬다가, 근처 바닷가에서 저녁을 먹고 풍등을 띄웠다. 나는 부모님의 소원을 담은 풍등과 나와 아내의 소원을 담은 풍등 두 개를 하늘에 올려보냈다. 부모님은 당연히 서율이를 비롯한 우리 가족의 건강을 기원하는 소원을 쓰셨고, 나는 이렇게 적었다.

'아빠, 서율이가 커서 의사가 되면 좋겠어.'

누군가 내게 '아들이 커서 무엇이 되었으면 좋겠느냐'고 물었

을 때도, '아빠는 내가 무엇을 했으면 좋겠어?'라고 서율이가 물었을 때도 난 한결같이 의사가 되면 좋겠다고 대답했다. 돌잡이를 하는 아들을 몇 걸음 옆으로 옮겨 청진기 앞에 앉혔던 건 내 욕심이었다. "아들이 커서 무엇을 하면 좋겠어요?"라고 질문했던 사람들은 "의사가 되면 좋겠어요"라는 내 대답에 눈을 마주치며 "서율이는 의사가 될 거예요"라며 웃음을 지어주었으나, 아무도 왜 의사냐고 묻지 않았다.

사람들이 생각하는 '의사'라는 직업에 대한 선입견이 무엇인지 대충 알지만, 나는 대한민국에서 경제적으로 곤란을 겪지 않으며 다른 사람들에게 도움을 주는 직업은 의사가 유일하다고 생각했다. 물론 다른 직업들도 의미가 있지만, 적어도 의사는 경쟁하지 않는다(내가 말하는 경쟁은 같은 직업군에 있는 사람을 이겨야만 성과를 낼 수 있는 일반적인 직업과 다르게, 사람의 목숨을 구하는 것에 대해서 다른 의사와 경쟁하지 않는다는 의미다).

내가 느낀 세상의 직업은 모든 사람을 행복하게 해주지는 않았다. 법조인은 다른 사람들의 불행을 전제로 존재하는 직업이었으며, 공무원은 국민의 봉사자보다는 권력자에 가까웠다. 선생님이란 직업도 아이들에게 인생의 스승보다는 점수를 잘 받는 요령을 알려주는 존재로 변질되었다. 나는 서율이가 경제적으로 풍족하며, 사람들에게 해를 끼치지 않고 더불어 사랑하는 사람들을 돌볼 수 있는 의사가 되었으면 좋겠다고 생각했다.

아빠 말고
네가 하고 싶은 거

서율이도 내게 왜 의사냐고 묻지 않았다. 또래 아이들처럼 '그럼 나중에 엄마, 아빠 아프면 내가 고쳐줄게요'라는 말과, 의사가 되겠다는 다짐을 할 뿐이었다.

서율이가 여섯 살 때, 처음으로 "아빠, 꼭 의사 해야 해?"라고 물었다. 아주 오랫동안 기다려온 순간이었다. 그동안 내게 "아빠는 내가 커서 무엇을 하면 좋겠어?"라고 묻던 아이가 드디어 자신이 무엇을 하고 싶은지에 이야기하려는 것이다. 나는 대답했다.

"왜? 의사 하기 싫어? 그럼 서율이는 무엇을 하고 싶은데?"

"간호사!"

전혀 생각하지 못한 대답이었다. 나는 이유를 듣고 싶다는 표정을 지었다. 서율이는 "의사는 수술을 하잖아. 무서워서 싫어. 간호사도 엄마, 아빠를 고쳐주니까 간호사 하면 안 돼?"라며 내 표정을 살폈다. 나는 '간호사도 의사와 똑같이 수술에 참여한다'는 사실과 '피를 보아야 한다'는 사실을 알려주었다. 그리고 나서 서율이에게 말했다.

"이제부터 아빠가 하고 싶은 거 말고, 서율이가 하고 싶은 게 무엇인지 생각해봐. 아빤, 서율이가 하고 싶은 걸 했으면 좋겠어. 서율이도 행복하고, 사람들도 행복할 수 있는 거. 알았지?"

"아냐, 그냥 의사 할게"라고 대답하는 아들의 머리를 쓰다듬고 뽀뽀를 하며 나는 "아빠는 진짜 괜찮으니까 서율이가 하고 싶은 거 있으면 아빠한테 이야기해줘"라고 말했다.

서율이는 간간이 내게 '왜 의사를 좋아하느냐'고 물었고 나는 아들에게 '경쟁하지 않으며, 경제적으로 풍요롭고, 누구에게도 피해를 주지 않으며, 당장 늙어가는 할아버지와 할머니에게 가장 필요한 직업'이라 거창하게 설명했으나, 지나치게 거창한 설명이었다. 서율이는 그게 무슨 말이냐며 웃었고, "그러니까 아빠가 하고 싶은 거 말고 네가 하고 싶은 걸 하라고"라는 내 대답에 배꼽을 잡았다. 서율이는 아빠가 원하는 꿈이 의사라는 것을 알고 있다. 그리고 자신의 꿈을 고민한다.

그 뒤 서율이의 꿈은 동화책을 읽거나 유치원에서 체험학습을 다녀올 때마다 바뀌었다. 아들에게 들었던 가장 최근의 꿈은 유튜브 크리에이터였다.

"아빠는 내가 커서 무엇을 하면 좋겠어?"

"의사! 그럼 서율이는 무엇을 하고 싶어?"

"난, 유튜브 크리에이터!"

12

서율아, 아빠랑 놀자

: 아이를 키우며 어른이 되었다

> 66 서율이와 함께 놀면서 나는 서율이만큼 컸다. 그
> 리고 그만큼 아내와 시간을 공유했다. 아내는 함
> 께 유모차를 미는 것보다 훨씬 더 많은 추억을 내
> 게 선물해주었다. 그렇게 서율이는 나와 놀아줌으
> 로써 우리 부부의 상처를 치유해주었다. 99

중2병이
딴 게 아니었다

책을 쓰느라 부모님과의 연락이 뜸해졌다. 사실 원
고 작업 때문만은 아니고 초등학교 교과서가 개정되면서 수업 준
비를 새롭게 다시 해야 했고, 촬영해야 할 강의도 늘어났기 때문
이다. 평소에는 양주에서 서초동까지 출근하려 운전하는 시간 동
안 명지대 부모님과 전주 부모님 그리고 연락해야 할 지인들과 전
화 통화를 했으나, 지난 몇 주 동안은 운전하는 중에도 무엇인가
를 준비하고 골똘히 생각하느라 분주했다(이것도 핑계가 맞다. ㅜㅜ).

'남들보다 아이와 함께 보낼 수 있는 시간이 많으니 좋은 직
업을 가졌다'고 말하는 아내조차, 지난 몇 주간 나에게는 설거지

와 빨래를 맡기지 않았다. 지금 생각해보니 내가 안 한 것 같기도 한데, 뭐 나중에 아내도 책을 읽어볼 테니 우선은 맡기지 않은 것으로 생각하자.

사실 '그냥 대충 좋은 쪽으로 결론 내는 것이 그리 힘든 일도 아니고 내가 손해를 보는 일도 아닌데 예전에는 왜 그러지 못했을까?'라는 생각을 자주 한다. 예전에 나는 아내와의 관계에서 아주 사소한 일조차 명확히 결정짓는 것이 정의롭다는, 쓸데없는 고집을 가지고 있었다. 아내와 부모님 사이에서도 모든 일을 사실에 근거해 객관적으로 판단해야 한다 생각했다.

나는 세상을 제대로 살아보지도 않았고 인간관계를 충분히 경험해보지 못한 철부지 어린아이였다. 가족이라는 틀 속에서 중2병 걸린 중학생처럼 내가 바라보는 시선이 반드시 옳다고 단정하고 무엇이 잘못되었는지조차 모른 채 부모님과 아내와 그리고 아들을 탓했다.

나는 한 번도 객관적이지 못했다. 모든 판단에는 내 주관이 개입되어 있었고 그날 그날 기분에 따라 매번 다른 결론을 내렸다. 나는 아무도 이해하지 못했고, 누구도 나를 이해하지 못한다 절망했다. 부모님은, 아내는 그리고 서율이는 그런 나를 고맙게도 오랜 시간 기다려주었다.

출판사에 원고를 모두 넘기고 미팅을 하러 가는 길에서야 나는 부모님과 전화 통화를 한 지가 꽤 오래되었음을 깨달았다. 바로 아버지께 전화를 드렸더니, 어느 산에 올라가는 중이라고 하셨다. 아침부터 어머니에게 강제로 이끌려 힘들게 산을 오르고 있다며 툴툴대시는 수화기 너머 아버지의 목소리를 들으니 안도감이 들었다. 두 분은 별 탈 없이 잘 지내시는 게 분명했다.

출판사에 미팅을 하러 가는 길이라는 내 말에 걸음을 멈추시고 '수고했다'는 짧은 격려와 '서율이 잘 키워라'는 긴 잔소리를 번갈아 하시는 두 분은 변함이 없으시다. 등산과 자식 걱정은 부모님 인생의 빅 데이터니까.

등산을 매우 좋아하시는 어머니 덕분에 아버지는 우리나라의 주요 명산을 모조리 오르신 것 같다. 주요 명산의 개념이 애매하다면 적어도 지리 교과서에 언급되는 산들은 전부 올라가 보셨다. 두 분은 왜 그렇게 산에 오르는 것을 좋아하실까?

나는 이제 등산을 좋아하게 되었다. 운동을 좋아하지 않았던 어린 시절에는 부모님 손에 이끌려 억지로 산을 오르는 것이 정말 이해가 되지 않고 싫었는데, 나이를 먹었다는 증거인지 어느새 나도 꽃과 나무가 예쁘다는 것을 알게 되었고, 찬찬히 흙을 밟으며 온몸을 간지럽히는 땀방울을 즐기게 되었다. 그렇다고 어느 순간 갑자기 등산이 좋아진 것은 아니다.

산을
뭐 하러 올라가나

　　　　나는 30대 중반이 훌쩍 지난 나이에 뱃살을 빼기 위한 다이어트를 해야 했다. 유치원 운동회 이후로 헬스를 꾸준히 다니게 되면서 나보다 서율이의 욕심이 더욱 커졌다. 함께 목욕탕에 갈 때마다 아빠 배를 만져보며 전보다 줄어들지 않은 뱃살에 서운해하기도 했다. '몸짱은 아니더라도 몸꽝은 안 된다'는 아들의 바람을 들어주고 싶었다.

　　정말 열심히 걸었고, 진짜로 조금만 먹었다. 열심히 걷는 만큼 힘이 들었고, 음식을 줄인 만큼 짜증이 났다. 최소 비용으로 최대 효과를 보겠다는 경제학자의 마인드는 아니었고, 수고한 만큼은 살이 빠지기를 원했으나, 몸은 그러하지 않았다. 살을 빼는 게 얼마나 힘든 일인지는 빼본 사람만이 알 것이다.

처음 산에 오른 건 어느 다이어트 블로거가 쓴 글을 본 다음 날이었다. '산에 오른 날에는 한 끼 정도는 먹고 싶은 음식을 충분히 먹어도 괜찮다'는 얘기였다. 당시에는 먹고 싶은 게 너무 많았다. 지하철 몇 정거장이면 갈 수 있는 거리이기도 했고 하루 종일 무언가를 꾸준히 먹겠다는 내 결심이 '조금이라도 칼로리를 더 소모해야 하지 않을까?'라는 불안감과 겹쳐 나는 아침 일찍 지하철을 타고 소요산 공주봉으로 향했다.

혼자 하는 첫 산행이 그다지 즐겁지는 않았다. 평일이라 그런지 사람이 너무 없어 산길이 무서웠고 오르막은 힘이 들었으며, 남들은 등산을 하면 잡생각이 없어지고 마음이 평온해진다던데 나는 등산을 하는 동안 '이 나이에 무슨 부귀영화를 누리겠다고 이 고생을 하나?'라는 생각이 끊임없이 찾아들어 마음이 심란했다.

산을 오르는 동안 한 번도 웃지 않았다. 괜히 왔다는 생각만 머릿속에 가득할 뿐이었다. 아내와 서율이에게 큰소리만 치지 않았어도 분명 중간쯤에서 발길을 돌려 내 육신에게 평온을 제공했을 텐데, 유치원 버스에 아이를 태우던 순간까지도 정상에서 인증샷을 찍어오겠다며 너무 큰소리를 쳤다. 나는 오르고 또 올랐다. 중간에 몇 번을 멈추고 그때마다 얼마나 물을 마셨는지 모르겠으나 나에게는 휴식이 필요했다.

　간신히 공주봉 정상에 올랐을 때 내가 가장 먼저 한 일은 바닥에 털썩 주저앉아 가방에서 초콜릿과 연양갱 그리고 사탕을 꺼내어 먹는 것이었다. 작정하고 준비한 가방에는 꽤 많은 주전부리가 들어 있었는데, 막상 몇 개를 먹고 나니 운동한 게 아까워 더이상 먹히지가 않았다. 그래도 산을 내려와서는 칼국수를 사먹었다. 밀가루가 너무 먹고 싶었다.

　이후로 간식거리나 밀가루를 충전해야 한다는 생각이 드는 날이면 소요산을 꾸준히 찾았다. 원효 스님은 소요산에서 깨달음을 얻으려 수행을 하셨다는데 나는 밀가루를 먹으려 등산을 했다.

아들과 함께
4차원의 산으로

　　　　　생각보다 잦았던 내 등산은 서율이의 호기심을 자극했다. 주말이면 수영장을 가자고 조르던 녀석이 어느 날엔가 아빠와 함께 등산을 가겠다 말했다. 소요산 공주봉은 유치원에 다니는 아이가 오르기에는 다소 가파른 곳이었다. 나는 서율이에게 소요산 대신 불곡산을 추천했다. 마침 유치원에서 불곡산으로

소풍을 가본 경험이 있는 서율이는 불곡산 정상에 있는 바위까지 올라가보자며 자신은 운동을 잘하니까 등산도 잘할 거라는 자신감을 내비쳤다. 주말에도 수업 준비를 하는 아내를 집에 두고 아들과 처음으로 불곡산을 올랐다.

아들과 함께 걸었던 산행을 생각하면 지금도 심장이 떨린다. 산을 처음 오르는 서율이에게 등산은 결코 쉬운 일이 아니었다. 주말이라 사람들이 북적였지만 산은 도시와는 다른 공간이었다. 사람들 속에 각자의 공간이 정해져 있었고 그 공간 속에서 서율이는 오로지 나에게 의지했다. 산에는 많은 사람이 있었지만, 산속에는 서율이와 나 둘만이 존재했다.

서율이는 바로 뒤에서 따라오는 나를 수없이 불렀고 멈추어 뒤돌아보았으며 내 손을 잡았다. 경사가 급하면 내게 안아달라 조르거나 올려달라 부탁했다. 그리고 조금도 쉬지 않고 자기 얘기를 정말 많이 해주었다.

우리는 불곡산에 있는 수많은 나무 중 한 나무에 '쉬야나무'라는 이름도 붙여주었는데 지금까지도 불곡산에 오를 때면 서율이는 항상 그 나무에게 쉬야를 하며 잘 지냈느냐고 안부를 묻곤 한다. 꽃이나 나무에게 말을 거셨던 부모님이 참 신기하다 생각했는데, 아침마다 아파트 단지의 꽃과 나무들에게 그리고 불곡산에서 만나는 나무들과 인사하는 서율이를 보면 내 눈에 보이지 않는 세상이 존재한다는 것을, 그리고 나와 다른 눈으로 세상을 바라보는 사랑하는 이들이 있음을 깨닫게 된다.

산꼭대기에서 바라보는 양주시 전경은 어릴 적 즐겨보던 〈이상한 나라의 폴〉이란 만화에서 현실로 돌아갈 것을 알려주는 타이머처럼, 서율이에게 우리가 살고 있는 현실을 자각하게 해주었다. 정상에 도착하면 가장 먼저 아파트에 두고 온 엄마를 떠올리며 휴대폰을 찾았지만, 그래도 달콤했다. 만화의 결말은 기억나지 않으나 4차원 세계를 좋아했던 폴처럼(여자친구를 구하기 위해서였지만, 나는 폴도 4차원 세계를 좋아했다고 생각한다), 나도 서율이와 함께 걸었던 산속의 시간을 좋아했다.

아직 산악인의 경지에 오르지 않아서 그런지 모르겠으나 나는 산을 혼자 오르는 것은 싫다. 그렇다고 동호회에 들어 산 좋아하는 사람들과 함께 어울리는 것도 성격에 맞지는 않는다. 그저 아들과 함께 오르고 싶을 뿐이다. 서율이가 더 크면 내 손을 그만큼 덜 잡고 오르겠지만, 아직은 서율이의 손을 잡아주고 싶다.

그런데 서율이는 등산을 좋아하지 않는다. 나와 불곡산에 몇 번 오르고 소요산 공주봉에 한 번 오른 후로 등산은 가기 싫다고 말한다. 어렸을 적에 나도 등산을 무척 싫어했는데 나를 닮은 것 같아 기분이 좋으면서도 4차원 세계로 돌아가고 싶은 내 작은 소 망이 이뤄지지 않아 슬프다.

나는 서율이에게 생일 선물로 등산 쿠폰을 받았다. 내게 줄 생 일 선물을 고민하는 아들에게 등산 쿠폰을 달라 요구했고 2~3분 의 고민 끝에 서율이는 등산 쿠폰을 생일 선물로 주었다. 나는 지 금도 간간이 쿠폰을 사용하며 서율이와 달콤한 4차원의 세계로 산을 오른다.

그리고.
못다한 이야기

분가를 하고서 처음 며칠간은 정말 정신이 없었다. 처음 해보는 이사였기에 공간 활용의 의미를 몰랐고(몇 번의 이사 를 경험한 지금은 나름 체계를 잡았다) 반복되는 짐 정리와 대청소로 온몸은 지쳐 있었다. 무엇보다 정신이 피폐해져 있었다. 나는 마 음이 편치 않았다. 부모님의 마지막 모습이 밤이면 꿈에 찾아들 었고, 아내와의 관계는 여전히 서먹했다.

며칠이 지난 후 아내와 식탁에 마주 앉아 나는 아내에게 '앞 으로 우리는 어떻게 살아야 할 것인가?'라는 고민을 꺼냈다. 이미 내게 많은 실망을 경험한 아내는 아무런 대답도 하지 않았고, 10 여 분의 시간을 기다린 나는 아내에게 거듭 물었다. 아내는 내게 "서율이 친부로 생각할게"라는 답을 주었다. 나 역시 아내에게 "서율이의 생모로 대할게" 답했다.

부모님과는 화해하지 않았다. 화해할 필요가 없었다. 두 분은 내게 화가 난 적이 없으셨다. 그저 나와 아내 그리고 서율이를 걱정할 뿐이셨다. 다만 걱정을 표현하는 방법이 서투르셨고 나와 다름이 있었을 뿐이었다. 물론 내가 이것을 깨닫는 데는 몇 년의 시간이 필요했다.

나는 한동안 부모님이 화가 나셨다고 착각했고, 나와 아내를 미워한다고 오해했다. 분가를 한 이후로 나는 종종 연락을 드렸고, 나름 자주 찾아뵈었으며 부모님께 부족한 부분이 없는지 살폈다(글로 쓰니 느낌이 전달되지 않아 답답한데, 내 입장에서는 그렇게 느꼈지만 솔직히 인정한다. 충분한 수치는 아니었다).

어쨌든 부모님과의 관계는 그렇게 개선되었다. 특별히 어떤 계기가 있어 사이가 좋아진 것이 아니라 부모님께서 내 행복을 원하셨다는 것을 내가 인정한 것이었다. 글을 쓰면서 지나간 시간을 다시 정리해보니 문득 내가 달라진 부분이 생각났다. 어쩌면 이게 화해의 방법이었는지도 모르겠다.

내게 아주 작은 변화가 있었다. 웃으면서 두 분과 대화를 했다는 거다. 정말 아주 오랫동안 부모님과 함께 웃지 않았던 것 같다. 아버지와 어머니께 웃는 모습을 보여드린 게 내가 부모님과 화해한 방법이었다.

서율이가 일곱 살쯤 되었을 때 아내는 내게 "오빠가 좋은 남편은 아니지만, 내가 꿈꾸던 이상형의 아버지는 맞아"라는, 불만인지 칭찬인지 가늠하기 힘든 말을 해주었다. 나는 좋은 남편도 아니었고 좋은 아버지도 아니었으니, 그만하면 칭찬에 가까운 말이라 생각했다.

서율이와 아내에게 정말 미안하게 생각하고, 내가 가장 후회하는 두 가지 장면이 있다.

하나는 아내와 함께 서율이를 태운 유모차를 끌어본 적이 없다는 사실이다. 나는 아이를 태우고 부부가 환하게 웃으며 공원을 산책하는 추억을 아내에게 선물하지 못했다.

다른 하나는 서율이에게 "왜 사진 속에 아빠는 안 웃어?"라는 질문을 들을 후 깨달은 것이다. 서율이가 칭얼대던 시절에 함께 찍은 사진 속에서 나는 웃고 있지 않았다.

분가 이후 나는 아들을 키우며 많은 생각을 하게 되었다. 부모가 아이를 키우는 것이 아니라 아이가 부모를 키운다는 어른들 말씀은 틀리지 않았다. 서율이와 함께 놀면서 나는 서율이만큼 컸다. 그리고 그만큼 아내와 시간을 공유했다. 아내는 함께 유모차를 미는 것보다 훨씬 더 많은 추억을 내게 선물해주었다. 그렇게 서율이는 나와 놀아줌으로써 우리 부부의 상처를 치유해주었다.

출판사에서는 아내의 글도 담고 싶다고 했다. 내 경험과 생각이 아닌, 책의 또 다른 주인공인 아내의 느낌이 궁금하다고 했다.

"아내 분의 소회를 책의 마지막에 짧게 넣으면 더 좋을 것 같아요. 부탁드립니다."

집으로 돌아온 후 아내에게 '당신의 감정'이 필요하다 말했고, 아내는 귀찮게 한다면서도 내가 쓴 초고를 읽었다. 한 번도 쉬지 않고 원고를 읽어버린 아내를 보면서 나는 물었다.

"어때? 괜찮아?"

"오빠가 정신병자 같다고 생각한 적도 있었지만, 나는 오빠가 나와 다른 사람이라는 걸 다시 한 번 깨달았어. 여전히 오빠가 좋은 남편은 아니지만 서율이에게 최고의 아빠라고 생각해. 그리고 난 지금의 오빠가 좋아."

당신의 아빠 점수는요

　'사김쌤'이라는 호칭으로 시작되어 '오빠', '여보', '신랑', '곰돌이'까지. 그중에서도 내가 남편을 부르는 최애 호칭은 '곰돌이'다. 내가 만나는 지인들에게 곰돌이는 '신랑'으로 지칭된다. 하지만 언제부턴가 '서율이 아빠'로 부르고 있는 나를 보고 한동안 지난 몇 년 동안의 삶을 되새김한 적이 있다.

　아이가 있으면 부모가 있을 터. '서율이 아빠', '서율이 엄마'라는 호칭이 너무나 자연스러워서 대수롭지 않을 수 있겠지만, 적어도 나에겐 그러지 못했다. '서율이 아빠', '애 아빠'라는 말이 내 입에서 나오기까지 적어도 5년은 걸렸다.

　남편이 아빠 역할을 하지 않았거나 못했던 것은 아니다. 다만 내가 정해놓은 기준에는 미치지 못해 의식적으로든 무의식적으로든 쉽게 나오지 않은 말이었을 거다.

◇◇◇◇◇◇◇◇

1년 전.

"여보, 나 육아에 관한 에세이를 써볼까 해"라는 곰돌이의 말을 기억한다. 뭐라고? 한 귀로 듣고 한 귀로 무심코 흘려보낼 일이 아니었다.

"육아의 'ㅇ'도 모르는 사람이 육아는 무슨! 젖병, 기저귀 한 번 제대로 갈아주지도 않았으면서! 밥 먹이는 데 한 시간 넘게 걸렸던 사람이?"

진지한 눈빛으로 내 반응을 기다리는 남편을 보고는 차마 내뱉지 못하고 속으로만 삼킨 말이었다.

"여보, 여수 여행은 5월에 간 거 맞지?"
"어보, 서율이 운동회 때 우리가 청팀이었지?"
"여보, 씽씽카는 원래 이름이 씽씽카야?"

내게 확인 질문을 하는 횟수가 늘어갈수록 원고의 페이지 수도 함께 늘어갔다.

쌓여가는 원고를 보며 나는 마음이 편치 않았다. 아들과 함께 하는 시간이 많아지며, 일련의 사건을 경험하고 자신이 한 아이의 아버지라는 것을 각성하게 되었음을 책에 담았다 했다. 더불어 롤모델로 삼았던 30년 전 아버지 모습과는 다르게, 정형화된 아버지라는 틀을 벗어나 서율이의 눈과 생각에 맞추는 아버지로서 자신이 조각되고 다듬어지고 있음을 말하고 싶다 했다.

판도라의 상자는 아니었지만, 육아 및 결혼 생활 과정에서 내가 알지 못했고, 또 알고 싶지 않았던 불편한 진실과 고백을 글속에서 맞닥뜨릴 수도 있다는 생각이 들었다. 그래서 난 이 책을 읽지 않겠노라 선언하고 신경을 꺼두었다.

서율이가 태어난 지 얼마 지나지 않았을 때, 곰돌이가 나에게 남편과 아빠로서 몇 점이냐고 물은 적이 있다.

"당신은 남편으로서는 한…… 80점? 하지만 아빠로서는 10점이야~"라고 장난 식으로 대답했지만, 사실, 진심이 담긴 대답이었다. 지금은 이렇게 말할 수 있다.

"당신, 아빠로서 99점이야."

절대 읽지 않겠노라고 했지만, 결국엔 궁금증과 호기심에 꼬리를 내렸다. 애 아빠가 건네준 원고 속에는 겉으로는 완벽해보였으나 시부모님, 남편, 나 각자의 생각이 '옳다, 틀리다'만을 고집하며 서로에게 부담이 되었던 시간들이 있었다. 나는 그 위기의 순간에 새로운 환경에서의 삶을 돌파구로 찾았다.

낯선 동네, 낯선 사람들, 주변의 새로운 환경은 남편과 나, 그리고 서율이에게는 흡사 새로운 땅을 찾아 자갈을 골라내고, 밭을 일구는 고된 작업의 장이었다. 익숙지 않은 것에 대한 거부감이 큰 곰돌이는 적응하는 데 상당한 기간이 걸렸고, 육아와 집안일, 직장 일까지 도맡아 해야 했던 나 역시 24시간을 효율적으로 관리하기까지 꽤 오래 걸렸다.

복잡한 도심 속을 벗어나 마음의 여유가 생긴 덕분이었을까, 아니면 눈앞에서 자신과 닮은 리틀 곰돌이의 자그마한 손짓 발짓이 불러일으키는 마법에 빠져들었기 때문일까? 곰돌이는 육아 활동에 손과 발을 빌려주기 시작했다. 그때부터 우리가 일궈놓은 그 땅에 각자가 뿌려놓은 씨앗이 싹트기 시작했고, 쭈욱쭈욱 행복의 나무가 자라나는 중이다.

나와 곰돌이는 경험을 통해 성장했고, 아픔을 통해 성숙해졌다. 한 가지 상황을 바라보는 관점이 다를 수는 있지만, 틀린 것이 아니었다. 이것을 잘 아는데도, 육아에 관한 한 두 사람 사이에 언쟁은 늘 있다. 각자 생각을 표현하는 방식의 차이는 아직도 존재한다. 그러면 어떻게 합의점을 찾는가?

우린 서율이에게 맡긴다. 아빠 생각과 엄마 생각을 아이에게 들려주고 스스로 선택하게 한다. 그러면 우리 둘은 아이가 선택한 것을 따르고, 결과가 어떻더라도 받아들인다. 어찌 보면 유치하고 비논리적일수 있으나 육아가 꼭 논리적인 방법으로만 해결되지 않음을 부모라면 이미 알고 있을 테니.

곰돌이가 지난날을 회상하며 원고를 쓰는 동안 자의 반, 타의 반으로 나 또한 틈틈이 묵은 기억들을 떠올리며 반성했다. '지난 일이니 잊자, 묻자'라고 생각해온 나와는 달리, 그것을 발판으로 도약하고 더 멋진 아빠, 남편, 가장, 그리고 아들로 살아갈 것을 다짐하는 곰돌이의 모습을 응원한다.

-쏭마 송수미